KB187173

사람 공부
인생 공부

사람공부 인생공부

초판 1쇄 인쇄 | 2015년 2월 7일
초판 1쇄 발행 | 2015년 2월 9일

엮은이 | 이동식
펴낸이 | 김형호
펴낸곳 | 아름다운날
출판 등록 | 1999년 11월 22일
주소 | (121-837) 서울시 마포구 서교동 351-10 동보빌딩 103호
전화 | 02) 3142 - 8420
팩스 | 02) 3143 - 4154
E-메일 | arumbook@hanmail.net
ISBN 978-89-93876-93-2 (03810)

※ 잘못된 책은 본사나 구입하신 서점에서 교환하여 드립니다.

이 도서의 국립중앙도서관 출판시도서목록(CIP)은 서지정보유통지원시스템 홈페이지(http://seoji.nl.go.kr)와 국
가자료공동목록시스템(http://www.nl.go.kr/kolisnet)에서 이용하실 수 있습니다.(CIP제어번호: CIP2015002616)

역경을 이겨내고
어지러운 세상을 헤쳐 나갈
지혜를 얻는다

사람 공부
인생 공부

이동식 엮음

아름다운날

이솝 우화는 탈무드와 더불어 우리가 꼭 읽어야 하는 책입니다. 하지만 단지 몇 가지 이야기를 알고 있다는 것만으로 이솝우화를 다 알고 있다고 생각하거나, 동식물이 의인화된 내용이 많으므로 어린이들을 위한 교훈적인 이야기로만 치부하기 쉽습니다. 그러나 이솝우화 속에는 인간의 적나라한 속성과 냉정한 세상사가 그대로 담겨 있습니다. 원래 이 우화들이 어린이들을 교육하기 위해서가 아니라 인간의 속성과 세상사를 가장 쉽고 명쾌하게 세간에 전하기 위해서 만들어졌기 때문입니다.

이솝우화는 짧고 단순한 이야기가 주를 이루지만, 그 속에는 일반적인 교훈이 아니라 약자들을 위한 처세술, 강자에 대한 풍자, 허세에 대한 비꼼, 어리석음과 지혜로움, 교활함과 정직함이 수시로 교차하는 인간에 대한 냉정한 성찰이 담겨 있습니다. 바로 그 속에 수천 년을 내려오는 인간사의 핵심이 있습니다. 그 핵심은 인간의 속성을 정확하게 꿰뚫어보는 눈에서 나옵니다. 인간이 욕심과 욕망에 눈이 멀면 어떤 일이 일어나는지, 인간의 마음이 얼마나 여리고 변하기 쉬운지, 눈앞의 작은 이익 때문에, 혹은 알량한 허세나 질투 때문에 얼마나 어리석은 행동을 하는지에 대해서도 적나라하게 드러냅니다. 어리석은 당나귀의 모습이 곧 내 모습이고,

교활한 여우의 모습 속에 나와 주변 사람들의 본성이 녹아 있습니다.

어떤 책이든 사람들에게 깨달음을 주지만 이솝우화만큼 짧은 이야기로 인간 속성에 대한 깨달음을 주고 자신을 돌아보게 하는 책은 많지 않습니다. 그래서 어린 시절에 읽었다 하더라도 성인이 되어 다시 음미해볼 가치가 있습니다. 성인이 되어 읽는 이솝우화는 어렸을 때 읽으며 느꼈던 단순한 재미와는 다른 것을 느끼게 합니다. 짧은 이야기 속에 담긴 명쾌한 진실에 감탄하며 고개를 끄덕이게 하고, 이 오래된 지혜를 생활의 지침서로 다시금 마음에 새기게 만듭니다. 그것이 이솝우화를 읽는 이유입니다.

이 책은 현대인들에게 도움이 될 만한 주제를 정하고 수많은 이솝우화 중에서 각 주제에 맞는 245편을 뽑았습니다. 그 후에 우화의 내용과 연관되는 명언과 속담들을 적절하게 연결했고, 마지막에 우화에 대한 생각을 짧게 덧붙였습니다. 따라서 청소년들부터 성인에 이르기까지 쉽고 편하게 읽으면서도 각자 처한 상황에 따라 자신만의 지혜를 얻을 수 있을 것입니다.

2015년 1월
이동식

차례

제1장 | 달콤할수록 경계하라

제2장 | 쓴 충고일수록 달게 들어라

제3장| 두 아내를 모두 만족시킬 순 없다

제4장 | 절망하기엔 언제나 이르다

185 자주 보면 적도 친구가 된다 | 186 듣기 좋은 노래도 때를 맞춰 하라 | 187 자유가 있어야 자기 인생이 있다 | 188 능력자가 많으면 받들 사람도 많다 | 189 달을 옷에 가둘 수는 없다 | 190 아름다운 내면은 밖으로 향기를 낸다 | 191 공생할 친구를 사귀어라 | 192 절박함이 기적의 원동력이다 | 193 하인의 눈은 두 개 주인의 눈은 백 개 | 194 겉모습으로 판단하면 눈을 뜨고도 속는다 | 195 재물이 많으면 걱정도 많다 | 196 절망하기엔 언제나 이르다 | 197 무리 속에 섞이면 한가지로 취급된다 | 198 직접 경험해야 내 것이 된다 | 199 힘있는 자가 약속 지키기는 더 힘들다 | 200 일을 모를수록 트집이 많다 | 201 공격이 세면 돌아오는 상처도 깊다 | 202 내가 못 먹는 떡 남 주기도 싫어한다 | 203 공짜 점심은 없다 | 204 분수를 지켜야 대접도 받는다 | 205 일찍 피면 일찍 진다 | 206 어렵게 해놓고 쉽게 가라 한다 | 207 꿈이 저절로 현실이 되는 건 아니다 | 208 미련한 자가 고집도 세다 | 209 좋은 제안은 실현 방법을 포함한다 | 210 생각하지 않는 머리는 가면에 불과하다 | 211 가짜일수록 더 그럴듯해 보인다 | 212 양지가 있으면 음지도 생긴다 | 213 순리를 억지로 거스를 순 없다 | 214 파도가 아니라 바람의 방향을 읽어라 | 215 극단에 몰릴수록 극단적으로 저항한다 | 216 강자에게 원한을 사지 말라 | 217 악한 자는 먹이가 아니라 놀이로 목숨을 희롱한다 | 218 희망은 가장 바닥에 있다 | 219 권력자는 법 위에 있다 | 220 일신이 편하면 내일을 생각지 않는다 | 221 실체 없는 것에 더 잘 속는다 | 222 손바닥으로 하늘을 가린다 | 223 자기가 하면 생업, 남이 하면 도둑질 | 224 바닷물은 짠 것이 정상 | 225 실패한 일엔 핑계가 많다 | 226 헛된 것일수록 기다림도 길다 | 227 설교보다 구제가 먼저 | 228 하늘에 지은 죄는 빌 곳도 없다 | 229 모르는 일에 전부를 투자하지 말라 | 230 노새는 말이 낳아도 말이 아니다 | 231 무조건 모으는 게 능사는 아니다 | 232 치장으로 굶주림을 가릴 수 없다 | 233 자랑이 심할수록 감춘 잘못이 크다 | 234 청하지 않은 도움에는 속뜻이 있다 | 235 어설픈 해결책은 문제를 더 키운다 | 236 권위는 외모가 아니라 태도에서 나온다 | 237 목소리가 크다고 능력이 큰 것은 아니다 | 238 아름다운 뿔이 사냥꾼을 부른다 | 239 꼬리가 길면 밟힌다 | 240 잡히기 전에 날개를 써라 | 241 노래보다는 | 242 기선을 제압하라 | 243 뻔한 아첨은 검은 속만 드러낸다 | 244 슬픔이 지나가면 기쁨이 온다 | 245 남의 길이 아니라 내 길을 가라

제 1 장

달콤할수록 경계하라

자신의 본성을 거스르지 말라

거북은 초라한 자신의 생활과 느릿느릿 땅 위를 기어다니는 것에 불만을 갖고 있었습니다. 그는 원할 때마다 구름 속으로 높이 날아오를 수 있는 새들을 부러워했습니다. 일단 공중에 일어서 있기만 하면 새들 중에서도 최고로 잘 날 수 있을 것 같았습니다.

어느 날 거북은 독수리에게 나는 법을 가르쳐 준다면 바다에 있는 모든 보물을 주겠다고 제안을 했습니다. 독수리는 거절하며 날고자 하는 거북의 욕망이 무모할 뿐만 아니라 불가능하다는 것을 확인시켜 주려고 했습니다.

그러나 거북은 계속해서 생각을 굽히지 않고 간절히 부탁을 했고, 결국 독수리는 그를 위해 할 수 있는 한 최선을 다하기로 했습니다. 독수리는 하늘 높이 거북을 데리고 가 그를 막 놓아 주며 말했습니다.

"이제 다리를 쫙 펼쳐!"

그러나 거북은 독수리에게 한마디 대답도 하기 전에 곧장 아래로 떨어졌고 바위에 부딪쳐 산산조각이 나고 말았습니다.   __거북과 독수리

12

자기 본성과 분수를 알아야 합니다. 세상은 자기가 하고 싶다고 다 할 수 있는 것이 아닙니다. 하고 싶어도 할 수 없는 일과 노력하면 성취할 수 있는 일을 구분하며 살아야 성공도 따라옵니다. 거북이가 독수리처럼 날고 싶어 하다가 얻은 것은 죽음뿐입니다. 자기 본성을 알고 분수를 지키며 사는 것, 이것이 현명한 삶의 방식입니다.

자기 몫 이상을 탐내지 말라

여우는 부하로서 사자를 위해 일하기로 했습니다. 그리고 얼마 동안, 각자의 본성과 권력에 따른 의무를 이행했습니다. 여우가 먹이를 가리키면 사자가 그것을 공격해 잡곤 했습니다.

그러나 여우는 곧 자기의 몫을 챙겨 가는 사자를 시샘하게 되었습니다. 자신도 사자만큼 잘 할 수 있다고 생각한 여우는 더 이상 단순히 먹이를 발견하는 것이 아니라 혼자 힘으로 먹이를 잡겠다고 선언했습니다.

그다음 날, 마침 여우가 우리에서 양을 낚아채려는 순간, 사냥꾼과 사냥개가 나타나더니 그를 잡아 자신들의 전리품으로 만들어 버렸습니다. __사자와 여우

욕심은 자신을 망칩니다. 사자의 부하로서 만족했다면 사냥꾼의 전리품이 되지 않았을 텐데, 욕심이 생겨 혼자서 먹이를 잡겠다고 선언한 뒤, 결국 사냥꾼에게 잡히는 신세가 되고 맙니다. 자기 역할만큼만 받고 공생하는 길을 택하세요. 그것이 평화롭게 사는 길입니다.

이슬을 먹는다고 매미가 되진 않는다

~~~

몇 마리의 매미가 노래하는 것을 들은 당나귀는 그들의 음악에 매료되었습니다. 그리하여 그들과 똑같이 아름다운 가락을 연주하는 매력을 지니고 싶었습니다. 당나귀가 매미에게 물었습니다.

"그렇게 달콤한 노래를 부르기 위해서는 무엇을 먹니?"

매미가 대답했습니다.

"우리는 저녁식사로 오직 이슬만을 먹어."

당나귀는 메뚜기가 말해준 식이요법을 따랐고, 결국 얼마 안 돼 굶어 죽었습니다. __당나귀와 매미

자신의 삶을 살아야 합니다. 매미의 노래가 아무리 듣기 좋아도 이슬로 당나귀가 매미가 될 순 없습니다. 나다운 방식으로 멋진 당나귀가 되는 게 현명합니다.

못 가진 걸 좇지 말고
가진 것을 가꾸라

허영심 많고 우쭐대기 좋아하는 한 까마귀가 공작 몇 마리가 흘리고 간 깃털을 주워 자기 깃털 사이에 붙였습니다. 그리고는 자기의 오랜 친구들을 비웃으며 아름다운 공작들 무리에 끼였습니다. 까마귀는 대단한 자부심을 가지고 자신을 소개했지만 곧바로 본색이 드러났습니다. 공작들이 그가 억지로 붙인 깃털장식을 벗겨낸 것이었습니다. 게다가 그들은 부리를 이용해 까마귀를 마구 때려 쫓아냈습니다.

망신당하고 매까지 맞은 그 까마귀는 이전 동료들에게로 돌아가 아무 일도 없던 것처럼 다시 그들과 어울리고 싶었습니다. 그러나 그들은 그 까마귀가 이전에 보였던 거만한 태도를 기억했기 때문에 그를 자기들 무리에서 쫓아냈습니다. 그때 최근에 그가 무시했던 동료 까마귀 하나가 그에게 다음과 같은 말을 해주었습니다.

"네가 가진 깃털에 만족했다면, 너보다 잘난 공작들로부터 맞지도 않았을 것이고, 또한 동료들에게서 멸시도 받지 않았을 거야." __허영심 많은 까마귀

태어난 그대로의 모습을 개성 있게 가꾸며 사는 것이 좋은 것입니다. 공작의 깃털을 빌려 꽂았다고 해서 공작이 되는 것은 아닙니다. 까마귀는 까마귀일 뿐이지요. 자기 자신을 사랑하며 살아가는 것은 얼마나 아름다운 일입니까? 지금 그대로의 모습을 사랑하세요!

안될 일에 허세 부리지 말라

소 한 마리가 늪지대 목초지에서 풀을 뜯다가 우연히 어린 개구리 떼 머리 위로 발을 올려 거의 모두를 밟아 죽이고 말았습니다. 그중 간신히 살아난 한 마리가 그 무시무시한 소식을 엄마 개구리에게 전했습니다.

"엄마, 짐승이었어요. 네 발 달린 커다란 짐승요. 그게 그랬어요!"

거만한 성격의 늙은 개구리는 쉽게 자신의 몸을 크게 만들 수 있다고 생각했습니다. "얼마나 크니? 이만큼 컸니?" 하고 물으며 엄마 개구리는 할 수 있는 한 최대로 자신의 몸을 부풀렸습니다.

어린 개구리가 말했습니다.

"아, 그것보다 훨씬 더 컸어요."

엄마 개구리는 온 힘을 다해 몸을 부풀리고 다시 바람을 불어넣으며 소리쳤습니다.

"그럼, 이 정도로 컸니?"

그러자 어린 개구리가 말했습니다.

"그것은……, 그런데 엄마가 그놈 크기의 반도 되기 전에 혹시라도 터져

18

버릴까 봐 겁이 나요."

　자신의 힘을 무시하는 듯한 그 말에 약이 올라, 어리석고 늙은 개구리는 한 번 더 시도했고, 곧 자기의 몸을 가느다란 공기로 터뜨려 버리는 데 정말로 성공했습니다.　_개구리와 소

　　거만한 늙은 개구리 이야기네요. 늙은 개구리가 자신의 몸을 아무리 부풀려 보았자 소의 크기를 어떻게 따라잡겠어요. 결국 몸을 부풀리다가 자신의 몸만 터뜨리고 마네요. 얼마나 어리석은 일인가요? 허세는 자신을 망칠 뿐입니다. 엉뚱한 대상과 자신을 비교하지 마세요.

자기 역할을 인정하라

어느 농가에 애완견과 당나귀가 함께 살고 있었습니다. 당나귀는 마구간에서 지냈는데 먹을 옥수수와 마른 건초가 풍성했습니다. 실제로 당나귀가 누릴 수 있는 최상의 환경이었습니다. 그리고 작은 애완견은 집 안에서 지내며 주인의 사랑을 독차지하고 있었습니다. 애완견은 언제나 재미있는 놀이를 하며 뛰어다녔고 주인의 무릎에 오르는 것을 허락받았습니다.

당나귀는 해야 할 일이 많았습니다. 하루 종일 나무를 운반하고 밤에는 제분소 일을 맡아야 했습니다. 당나귀는 자주 자신의 처지를 불평했는데, 자신은 그렇게 힘들게 일해야 하는 데 비해서 애완견은 아주 안락하고 호화로운 생활을 하는 것을 보자 화가 났습니다. 그러다가 차츰차츰 당나귀는 애완견과 똑같이 행동하면 자기도 같은 식으로 대접받을 것이라고 확신하게 되었습니다.

그래서 어느 날 그는 고삐를 끊고 집 안으로 뛰어들어가 그곳에서 이상한 모양새로 발차기를 하며 껑충껑충 뛰어다니기 시작했습니다. 그러더니 꼬리를 빳빳이 세우고는 귀염둥이 애완견의 익살스런 동작을 흉내 내다가 주인이 식사하고 있는 식탁을 쳐서 넘어뜨렸습니다. 게다가 모든 접시를 산산조각 내놓고도 주인에게 뛰어올라 주인을 핥고 편자 댄 발로 쓰다듬기 시작했습니다. 그때서야 놀란 종들은 일단 주인을 당나귀로부터 떼어놓은 뒤 그 어리석은 짐승을 나무 막대기로 다시 일어설 수 없을 때까지 마구 때렸습니다. 죽음에 이르른 당나귀는 탄식하며 말했습니다.

"왜 나는 이전에 누리던 생활에 만족하지 못했을까? 왜 당나귀인 나는 작은 애완견의 행동을 따라하려고 했을까?" __당나귀와 애완견

누구나 각자에게 어울리는 역할이 있습니다. 애완견에게는 애완견에게 맞는 역할이 있고, 당나귀에게는 당나귀에게 맞는 역할이 있습니다. 그런데 당나귀가 애완견 흉내를 냈으니, 그런 꼴불견이 어디 있을까요. 자신에게 맞는 역할을 제대로 해낼 때 가장 빛납니다.

화려하다고 행복한 것은 아니다

옛날 옛날에 한 시골 쥐가 친구인 도시 쥐를 시골로 초대했습니다. 시골 쥐는 비록 간소하고 조잡하며 다소 부족했지만, 마음과 정성을 다해 친구를 예의 바르게 대접했습니다. 완두콩과 보리, 그리고 치즈 부스러기와 땅콩 등 그가 애써 저장한 식품들 중에 내놓지 않은 것이 없었습니다. 그 세련된 친구의 입맛을 맞추기엔 질적으로 떨어지는 게 걱정이었지만 양으로나마 보상이 되기를 바랐습니다.

한편 도시 쥐는 마치 은혜를 베풀기라도 하듯 고상한 몸짓으로 이것저것 조금씩 맛을 보았습니다. 반면에 주인은 보리 지푸라기에 달린 잎사귀만을 와삭와삭 씹어 먹었습니다. 저녁식사 후 도시 쥐가 시골 쥐에게 말했습니다.

"이봐 친구, 어떻게 이런 지루하고 천한 생활을 견딜 수 있니? 마치 우물 안의 개구리 같은 생활을 하고 있어. 너도 도시를 보면 마차와 사람들로 붐비는 거리보다 이처럼 외따로 떨어진 시골생활을 더 좋아할 수는 없을 거야. 너는 이 비참한 생활 속에서 시간 낭비를 하고 있는 거라고. 인생이 계속되는 동안에 그것을 최대한 활용해야 해. 너도 알겠지만 쥐는 영원히 사는 것이 아니야. 그러니까 오늘 밤 나와 함께 가자. 내가 너에게 도시 생활과 인생이 어떤 거라는 것을 보여줄게."

도시 쥐의 화려한 언변과 세련된 매너에 압도되어 시골 쥐는 흔쾌히 응했고, 그들은 함께 도시를 향해 출발했습니다.

늦은 저녁이 되어서야 그들은 남의 눈을 피해서 살금살금 도시로 걸어 들어갔습니다. 그리고 도시 쥐의 거처인 커다란 집에 도착했을 때는 이미 한밤중이었습니다. 진홍빛 벨벳 소파와 상아를 이용한 조각품, 그리고 부와 쾌락을 나타내는 모든 것들이 있었습니다. 탁자 위에는 화려한 연회의 음식 찌꺼기들이 남아 있었는데, 그것들은 그 전날 모든 최고급 가게를 샅샅이 찾아다니며 옮겨 온 것들이었습니다.

도시 쥐는 시골 친구를 자주색 쿠션 위에 앉히고는 필요한 물건들을 갖다 주기 위해 앞뒤로 뛰어다니며, 그 친구 앞에 갖가지 요리들을 아주 정교하게 쌓아 놓았습니다. 시골 쥐가 전에 늘 먹던 비참한 음식들을 경멸스럽게 여기며 신나게 식사를 즐기고 있을 때, 갑자기 문이 열리더니 한 무리의 흥청대는 사람들이 쏟아져 들어왔습니다. 깜짝 놀란 두 친구는 탁자 위에서 뛰어내려 가장 가까운 구석에 몸을 숨겼습니다. 그들이 간신히 밖으로 나오자 이번에는 개 짖는 소리가 아까보다 훨씬 더한 공포로 다시 그들을 쫓아 보냈습니다. 차츰 사태가 가라앉은 듯하자 시골 쥐는 숨어 있던 곳에서 기어 나와 도도한 도시 쥐에게 작별인사를 속삭였습니다.

"이렇게 세련된 생활양식은 그것을 좋아하는 사람들한테는 맞을지 모르지만 나는 그런 가슴 떨림과 공포 속에서 네가 보여준 모든 훌륭한 음식을 먹기보단 차라리 평화롭고 안전하게 딱딱한 빵 조각을 먹는 편이 낫겠어." ＿시골 쥐와 도시 쥐

마음 편한 것이 최고입니다. 공포 속에서 훌륭한 음식을 먹기보단 평화로운 곳에서 먹는 딱딱한 빵 한 조각이 행복을 줍니다. 그래요, 마음 편한 것이 최고입니다.

사슬과 벼슬을 구분하라

옛날 어떤 개가 너무도 거칠고 짓궂어서 그 주인은 개의 목에 종이 달린 무거운 목줄을 달아 이웃들을 물거나 괴롭히지 못하게 했습니다. 그 개는 그 목줄을 너무나 자랑스럽게 여긴 나머지 주의를 끌기 위해 시장 안에서 그의 목줄을 흔들어대며 행진을 했습니다. 그러자 교활한 한 친구가 그에게 훈계를 했습니다.

"네가 소리를 덜 낼수록 더 좋은 거야. 너의 목줄은 명예를 상징하는 것이 아니라 치욕의 상징이거든!" __짓궂은 개

주인은 개가 다른 사람들을 물지 못하도록 목줄을 달아준 것이지만 개는 오히려 그것을 자랑스러워합니다. 사슬을 벼슬로 여긴 것입니다. 세상에는 이런 사람들의 목소리가 크게 울립니다. 모두들 뒤에서 손가락질하는 줄도 모르고 말입니다.

비교하면 끝이 없다

수백 년 전 낙타는 제우스 신에게 뿔이 나게 해달라고 부탁했습니다. 다른 동물들과 비교해 볼 때 자기만 아무것도 없고 무방비 상태인 것처럼 느껴졌기 때문입니다. 낙타가 말했습니다.

"황소는 뿔을 가지고 있고, 멧돼지는 뾰족한 송곳니를, 사자와 호랑이는 어디에서나 그들을 두려워하게 만들고 존경하게 만드는 예리한 발톱과 힘 센 송곳니를 가졌어요. 반면에 나는 나를 모욕하는 모든 것들의 비웃음을 참아야만 해요."

제우스 신은 노여워하며 대답했습니다.

"좀더 진지하게 생각해 본다면 너도 너만의 독특한 개성을 갖추고 태어났다는 걸 알게 될 것이야."

그래서 제우스신은 낙타에게 뿔 주는 것을 거절했을 뿐만 아니라 염치없음의 대가로 낙타의 귀를 짧게 잘라 버렸습니다. __제우스와 낙타

자기 모습에는 자신만의 개성이 있습니다. 사막을 걷는 낙타가 야생 멧돼지나 밀림의 맹수와 자신을 비교하는 건 어리석은 것입니다. 낙타는 사막을 걷기에 잘 발달된 모습을 갖고 있습니다. 자신의 개성은 못 알아보고 다른 사람의 개성만 부러워하는 것은 스스로를 불행하게 만드는 것입니다. 개성을 살릴 기회마저 놓쳐 버리기 때문입니다.

자족하는 법을 배우라

———⟡———

당나귀는 한 정원사의 집에서 거의 먹지도 못하면서 많은 일을 해야 했습니다. 그래서 당나귀는 제우스에게 기도했습니다.

"제우스 님, 저를 정원사의 억압에서 벗어나 다른 주인을 만나게 해주십시오."

그러자 제우스는 당나귀가 만족할 줄 모르는 것에 화가 나서 옹기장이 밑에서 일하도록 했습니다. 이제 당나귀는 전보다 더 무거운 짐을 져야 했습니다. 그래서 제우스에게 그의 일을 좀 줄여 달라고 한 번 더 빌었습니다. 그러자 제우스는 이번엔 가죽을 만드는 사람에게 팔려 가게 했습니다. 그의 새로운 주인이 어떤 종류의 일을 하는지를 알게 되자, 당나귀는 슬프게 부르짖었습니다.

"아아, 난 불쌍해! 옛날 주인들에게 만족하고 지냈더라면 지금보다는 더 나은 생활을 할 수 있었는데, 새 주인은 살아 있는 동안엔 더욱 힘든 일을 시킬 거야. 그뿐만 아니라 내가 죽은 다음엔 내 가죽도 벗겨 버릴 거야." __당나귀와 주인

비교는 끝이 없고 편안해지고 싶은 마음도 절제가 되지 않습니다. 스스로 만족하는 법을 배우지 않으면 평생 불평만 하다 끝날 것입니다. 남과 비교하거나 점점 더 편안해지려 하지만 말고 자기가 하는 일에 만족하고 그 일에 꾸준히 정진하세요. 그러면 언젠간 그의 이 같은 노력에 좋은 대가를 받게 될 것입니다.

자신이 누구인지 알려면
목욕탕의 거울을 보라

독수리 한 마리가 근처 절벽에서 급히 날아 내려오더니 양 떼를 급습해서 새끼 양을 낚아채 날아가는 것을 까마귀가 보았습니다. 모든 것이 우아하고 쉬워 보였기 때문에 까마귀는 그것을 흉내 내고 싶었습니다. 그래서 까마귀는 살이 오른 큰 숫양을 있는 힘을 다해 덮쳤습니다. 그는 그 숫양을 낚아챌 수 있으리라 기대했습니다. 하지만 숫양은 너무 무거웠고 그의 발톱이 양털에 걸려들어 빠져나오려고 해도 그럴 수가 없었습니다. 게다가 그가 날개를 푸드덕거리며 소란을 피우는 통에 그만 목동에게 들키고 말았습니다. 목동은 당장 그를 잡아 날개를 꽉 쥐었습니다.

그날 저녁 목동이 까마귀를 집으로 가지고 가자 아이들이 물었습니다.

"아버지, 이건 무슨 새에요?"

목동이 말했습니다.

"글쎄, 만약 너희가 그놈에게 물어보면 놈은 자신이 독수리라고 말할 테지만, 너희가 내 대답을 원한다면 나는 그놈이 단지 불쌍한 까마귀라고밖에 말할 수 없겠는걸." __독수리와 까마귀

까마귀가 독수리 흉내를 내려다 목동에게 붙잡히고 마네요. 까마귀의 어리석음을 마냥 비웃을 수 있나요. 혹시 까마귀의 능력을 가졌으면서 독수리 흉내를 내진 않았나요? 내가 보는 나와 다른 사람이 보는 나는 독수리와 까마귀처럼 차이가 나지 않나요? 까마귀이면서 독수리처럼 대접해 주지 않는다고 불평하고 있진 않은가요?

일용할 양식에 감사하라

개가 정육점에서 고기 한 덩어리를 훔쳐 집으로 돌아가는 길이었습니다. 마침 강을 건너고 있을 때 물에 비친 자신의 그림자를 보았습니다. 그것이 고깃덩어리를 입에 문 다른 개라고 착각한 개는 그 고기도 가져야겠다고 마음먹었습니다. 일단 그는 아래쪽의 개를 향해 짖어댔습니다.

"멍, 멍, 멍."

그러자 자신이 물고 있던 고깃덩어리가 그만 강에 떨어지고 말았습니다. 그렇게 해서 그는 자신이 가진 것마저 잃어버렸습니다. __개와 그림자

욕심이란 그런 것입니다. 자신의 그림자마저도 구별할 수 없는 것입니다. 지금 자기가 가지고 있는 고기에 만족했다면 그 고기를 잃는 일도 없었을 것입니다. 욕심 때문에 자신이 가진 것마저 잃게 될 수도 있습니다. 자신의 한계 이상을 욕심 내지 마십시오.

감당하지 못할 것을 탐내지 말라

그물에 걸린 사자 한 마리가 빠져나오려고 몸부림을 치고 있었습니다. 때마침 그곳을 지나던 생쥐가 자신의 앞니로 밧줄을 갉아 끊어서 사자를 구해주었습니다. 사자는 은혜를 갚으려고 생쥐가 원하는 것은 무엇이든 다 들어주겠다고 했습니다. 그러자 자만심에 빠진 생쥐는 사자의 딸과 결혼하고 싶다고 말했습니다. 사자는 생쥐의 청을 거절하지 못하고 받아들였습니다. 하지만 신부가 다가오면서 생쥐를 미처 보지 못하고 앞발로 눌러 죽이고 말았습니다. __사자와 자만한 생쥐

아무리 은혜를 베풀었다고 해도 생쥐가 사자의 딸과 결혼을 하려고 한 것은 무모한 짓이지요. 아무리 기회가 생겼다고 해도 자신이 감당하지 못할 것을 요구하면 결국 불행한 결말을 맞게 된다는 걸 명심해야 합니다.

밖으로 손을 뻗기 전에
손안의 것을 지켜라

폭풍우가 몰아치고 눈이 마구 쏟아지는 날이었습니다. 한 염소지기가 염소들을 몰아 버려진 동굴로 들어갔는데 그곳에서 자신의 염소보다 훨씬 많고 큰 야생 염소들을 보게 되었습니다.

염소지기는 자신의 염소들보다 훨씬 더 아름다운 그 염소들의 크기와 생김새에 감명을 받아 그것들을 돌보기로 결심했습니다. 그리고 자신의 염소들은 모든 것을 알아서 해결하도록 방치했습니다. 그는 자기 염소들을 주려고 가져온 나뭇가지들을 야생 염소들에게 주었습니다.

얼마 후 날씨가 맑아지자, 그는 자신의 염소들이 굶어 죽었음을 알게 되었습니다. 반면에 야생 염소들은 모두 언덕과 숲으로 도망쳐 버렸습니다. 그가 마을로 돌아오자 이웃 사람들은 야생 염소도 잡지 못하고 자신의 염소들마저 잃은 그를 비웃었습니다. __염소와 염소지기

우선 자신이 가진 것부터 잘 지키세요. 자기가 기르는 염소에 신경을 쓰기도 바쁠 텐데, 야생 염소까지 신경을 쓰다니요. 길들여진 염소는 염소지기의 말에 따르지만 야생 염소는 눈이 그치자 야생으로 돌아갑니다. 그것이 야생 염소의 속성입니다. 밖의 것을 손에 넣으려고 고생하지 말고 안의 것을 먼저 든든히 지키세요. 그렇지 않으면 두 가지 모두 놓치게 됩니다.

습성이 변해야 삶이 변한다

옛날 옛날에 개미는 인간이었습니다. 그는 농부였는데 자신의 수확에 만족하지 못해서 이웃의 수확물에 눈독을 들이다가 그것을 훔쳤습니다. 그의 탐욕스러움에 화가 난 제우스는 그를 곤충으로 바꿔 버렸습니다.

하지만 몸이 바뀌었는데도 여전히 그 성격은 변하지 않았습니다. 그는 오늘날까지 여전히 들판을 넘나들며 다른 사람의 밀이나 보리를 모아 와서는 자기 창고에 쌓아 놓습니다. __개미

외형이 변해도 근성이 변하긴 어렵습니다. 탐욕은 아무리 채워도 채워지지 않는, 마음과 같습니다. 재산이 아무리 많아도 탐욕이 있으면 행복하지 못합니다. 어떤 즐거움도 의미도 없이 습관적으로 쌓기에만 열중할 뿐입니다.

양이 살아 있어야 양털을 얻는다

옛날에 오직 양 한 마리만을 키우던 과부가 있었습니다. 그 과부는 양털을 최대한으로 활용하기 위해 털을 너무 바짝 깎아서 양의 털뿐만 아니라 피부까지도 잘라냈습니다. 너무나 고통스러워하던 양은 울부짖으며 소리쳤습니다.

"왜 이처럼 저를 괴롭히시는 거예요? 내 피가 양모의 무게를 얼마나 더 나가게 할 것 같아요? 만약 당신이 내 살을 원한다면 도살자에게 보내요. 그는 한 번에 나를 육체적인 고통으로부터 벗어나게 해줄 거예요. 당신이 나의 털을 원한다면 털 깎는 사람을 부르세요. 그는 내 피를 흘리지 않고도 털을 잘 깎아 줄 거예요." __과부와 양

🍂 양털을 깎으려면 피부는 깎지 말아야지요. 조금이라도 양털을 더 얻어 보겠다고 피부까지 깎으니 양이 살 수가 없습니다. 나의 이득보다는 다른 사람의 아픔을 생각할 줄 아는 사람이 되어야 합니다. 그럴 때 세상은 좀더 아름다워질 수 있습니다.

지나치면 모자람만 못하다

아침마다 달걀을 낳는 살찐 암탉을 키우는 한 여인이 있었습니다. 그 달걀은 품질이 매우 좋아 비싼 값에 팔렸습니다. 그러자 한편으로 그 여인은 이런 생각을 하게 되었습니다.

"만일 내가 닭에게 주는 보리의 양을 두 배로 한다면, 닭은 하루에 두 번 알을 낳을 거야."

그래서 여인은 그 계획을 실행에 옮겼습니다. 그러자 암탉은 너무나 살이 찌고 편안했기 때문에 알 낳기를 완전히 멈춰 버렸습니다. __여인과 살찐 암탉

지나침은 모자람만 못하다는 말이 있습니다. 무엇이든 알맞은 것이 좋은 것입니다. 누구든 배부르고 편안하면 아무 일도 하고 싶지 않은 것입니다. 얻고 싶은 것이 있어야 의욕도 생깁니다.

달콤할수록 경계하라

───～◈～───

부엌에 있던 꿀 항아리가 떨어져 깨지자 파리들이 그 달콤한 냄새에 이끌려와 꿀을 먹기 시작했습니다. 정말 그 꿀 위로 온통 새까맣게 몰려들었고 한 방울도 남김 없이 다 먹어 치울 때까지 그 자리에서 조금도 움직이지 않았습니다.

그런데 이제 그만 돌아가려 했을 때 그들의 발이 꿀에 너무 끈끈하게 달라붙어서 아무리 안간힘을 써도 도저히 날 수가 없었습니다. 왕성한 식욕 덕분에 발이 묶인 그들이 소리쳤습니다.

"우린 정말 바보들이야. 단지 사소한 쾌락을 위해 목숨을 버리다니 말이야." ＿파리와 꿀 항아리

꿀 싫어하는 사람들이 있을까요. 정신없이 욕심껏 먹다 보면 도저히 빠져나올 수가 없게 됩니다. 꿀을 먹이는 사람은 그 사실을 너무 잘 알고 있습니다. 탐심을 조절할 능력이 없다면 아예 발을 들이지 말아야 합니다.

한 번에 한 가지씩 하라

옛날에 한 소년이 개암과 무화과 열매가 잔뜩 들어 있는 병에 손을 집어넣었습니다. 소년은 열매를 집을 수 있는 만큼 최대한 많이 쥐었습니다. 그런데 손을 빼내려고 하자 병의 목이 너무 좁아서 잘 되지 않았습니다. 그는 그것들을 하나도 잃고 싶지 않은데 손을 빼낼 수가 없자 울음을 터뜨리며 불운을 한탄했습니다. 그러자 옆에 서 있던 지혜로운 친구가 다가와 다음과 같이 충고를 했습니다.

"지금 당장은 반만 쥐고 나머지 반은 다음에 쥐도록 해. 그러면 반드시 다 빼내는 데 성공할 거야." __소년과 개암

조금씩 잡아서 여러 번 빼내면 되는데, 욕심껏 한꺼번에 빼내려니 불가능해지는 것입니다. 욕심은 다른 방법을 생각하지 못하는 어리석은 마음입니다. 단번에 끝내려 하지 말고 천천히 가능한 방법을 찾으세요.

지나치면 탈이 난다

———— ❧ ————

　　몇 명의 목동들이 염소를 희생제물로 바친 뒤 이웃들을 초대했습니다. 그 이웃들 중에는 아이를 데리고 온 가난한 여인도 끼여 있었습니다. 잔치가 무르익어 갈 때, 너무 많은 음식을 먹어 배탈이 난 아이가 쓰러지며 울부짖었습니다.

　"엄마, 제 창자가 온통 쏟아져 나오려나 봐요!"

　엄마가 대답했습니다.

　"애야, 겁내지 말고 다 토하렴. 그건 너의 창자가 아니라 네가 먹은 창자란다." __제물 염소의 내장을 먹은 아이

　　아무리 먹고 싶은 음식이 많더라도 자기 양껏만 먹는 것, 그것이 탈 없이 음식을 먹는 방법입니다. 허기가 지면 한꺼번에 많이 먹으려 욕심을 부리지만, 음식은 한 번에 아무리 먹어도 한 끼일 수밖에 없습니다. 음식이 목까지 차면 결국 다 토해낼 수밖에 없습니다. 음식만 그런 것은 아니겠지요.

욕심은 파멸을 부른다

옛날에 날마다 황금 알을 낳는 거위를 가진 매우 운 좋은 사내가 있었습니다. 그런데도 그 사내는 알을 낳는 시간이 너무 느리고, 한 번에 모든 보물을 갖고 싶었기 때문에 불만을 갖게 되었습니다.

그는 거위 뱃속에 황금이 가득 들어 있으리라 생각하고 거위의 배를 갈라 보았습니다. 거기에는 황금은커녕 다른 거위들과 똑같은 내장만 들어 있을 뿐이었습니다. _황금 알을 낳는 거위

날마다 낳는 황금 알 한 개에 만족했으면, 그는 얼마나 행복했을까요. 재산의 근원이 되는 곳을 대상으로 도박을 해서는 안됩니다. 한 번에 많은 황금을 갖고 싶다는 욕심 때문에 평생 먹여 살려 줄 거위만 잃고 말았습니다. 욕심은 패가망신의 근원입니다.

들어갈 때는 나올 때를 생각하라

깡마른 쥐 한마리가 목이 좁은 옥수수 바구니 안으로 들어갔습니다. 그는 먹이가 아주 맛있다는 것을 알고 모든 것을 먹어치울 듯한 식욕으로 배를 채웠습니다. 그가 밖으로 나오려고 하자 그의 불룩해진 몸이 통과하기엔 바구니 목이 너무 작았기 때문에 도저히 빠져나올 수 없었습니다. 뚱뚱해진 생쥐가 좁은 구멍을 통과하려고 노력하는 것을 즐겁게 바라보던 족제비가 생쥐를 부르더니 다음과 같이 충고했습니다.

"내 말을 잘 들어봐, 이 포동포동한 친구야. 네가 빠져나올 유일한 방법이 있는데, 그것은 네가 들어갈 때처럼 깡마르고 배고파질 때까지 기다리는 것이야." __생쥐와 족제비

🌿 참 난감한 일이네요. 배가 고파야 빠져나올 수 있다니. 그러니 절제가 얼마나 중요한지 깨달아야 합니다.

귀할수록 강하게 키워라

원숭이는 한 번에 두 마리의 새끼를 낳는다고 합니다. 그런데 원숭이 어미는 그 두 마리 새끼에게 똑같은 사랑을 베풀지 않습니다. 하나는 애지중지하며 젖을 물려주고 다른 하나는 무관심으로 내버려둡니다. 자라서 어미의 품을 떠나게 되면 상황은 크게 달라집니다. 어미의 사랑을 듬뿍 받고 자란 새끼는 홀로 살아가는 데 어려움을 겪지만, 그렇지 못한 새끼는 건강하게 오래 삽니다. _어미원숭이의 사랑

독립성에 관한 글입니다. 사람이든 동물이든 어느 정도 독립적으로 키우는 게 좋습니다. 원숭이 어미가 옆에 끼고 애지중지하게 키운 새끼는 혼자 살때 어려움을 겪지만 독립적으로 키운 새끼는 잘 살고 건강하다고 합니다. 독립적으로 키우는 건 매정해 보여도 나중을 위해 좋은 것입니다.

눈먼 사람은 눈먼 줄 모른다

"엄마, 나는 볼 수 있어요."

눈이 어두운 어린 두더지가 엄마 두더지에게 말했습니다. 대답 대신 엄마는 한 덩어리의 유향을 그 앞에 갖다 놓고는 그것이 뭐냐고 물었습니다.

어린 두더지가 대답했습니다.

"돌이에요."

그러자 엄마 두더지가 말했습니다.

"오, 얘야. 너는 볼 수만 없는 것이 아니라 냄새조차도 맡을 수 없구나!"

__두더지와 그 엄마

아이는 자신이 뭘 잘하고 못하는지 모릅니다. 그것을 냉정하게 판단하고 평가해야 하는 것은 어머니입니다. 한 가지 기능이 제대로 작동되지 않으면 다른 기능에도 문제가 생기기 쉽습니다.

어머니보다 큰 교사는 없다

한 학생이 친구의 책을 훔쳐 집으로 가져왔습니다. 엄마는 그 행동을 꾸짖기는커녕 오히려 그를 북돋아 주며 아들의 행동을 자랑스러워했습니다.

세월이 흘러 그 소년이 어른이 되자 좀 더 값이 나가는 물건들을 훔치기 시작했고, 결국 현장에서 잡히게 되었습니다. 그 후 그는 재판에서 사형을 선고받았습니다. 그는 사형장으로 끌려가는 도중 길가에 서 있는 군중들 속에서 엄마를 발견했습니다. 그녀는 울부짖으며 가슴을 치고 있었습니다. 그는 사형 집행인에게 그녀의 귀에 대고 몇 마디만 속삭이게 해달라고 요청했습니다. 엄마가 재빠르게 다가와 아들의 입술에 귀를 들이댔습니다. 그러자 아들은 이빨 사이에 엄마의 귓불을 넣고 물어뜯어 버렸습니다. 엄마는 비명을 질렀고, 군중들은 그 아들을 꾸짖었습니다. 이제 그는 엄마에게 불경스런 행동을 함으로써 죽음에 한 발 더 가까이 가게 되었습니다. 하지만 그는 대꾸했습니다.

"나를 망하게 한 사람은 바로 엄마예요! 내가 친구의 책을 훔쳤다가 엄마에게 보였을 때, 엄마가 제대로 혼냈더라면 나는 이렇게 도둑으로 크지도 않았을 것이고 이런 젊은 나이에 인생을 끝내지도 않았을 거예요."
__도둑과 어머니

자식이 남의 물건에 손을 대면 부모는 호되게 꾸지람을 하는 것이 맞습니다. 그런데 오히려 칭찬을 했으니 기가 막힐 노릇입니다. 어머니의 잘못으로 자식은 더 큰 도둑이 됐고 결국엔 사형장으로 끌려갑니다. 교육은 어렸을 때, 처음부터 제대로 시키지 않으면 나중에 바로잡기 어렵습니다. 잘못된 교육의 폐해는 개인을 너머 온 사회에 해악을 끼칩니다.

말보다 본을 보여라

나이 든 엄마 게가 어린 게에게 말했습니다.

"애야, 왜 그렇게 구부정하게 옆으로 걷는 거니? 똑바로 걸으렴!"

그러자 어린 게가 대답했습니다.

"엄마, 시범을 보여주세요. 엄마가 똑바르게 앞으로 움직이는 것을 보면 나도 따라할게요." ─어린 게와 엄마 게

아이는 부모를 본받고 자랍니다. 자신은 잘못하면서 아이는 잘하기를 바라는 건 가시나무에 장미가 피기를 바라는 것과 같습니다. 아이를 제대로 가르치려면 자신을 먼저 바르게 하십시오.

48

욕심 때문에 매를 맞는다

한 개구쟁이 소년이 이솝에게 돌을 던지자, 이솝이 이렇게 말했습니다.

"잘했어!"

그러면서 이솝은 그 소년에게 동전을 내밀며 이렇게 덧붙였습니다.

"이게 내 전 재산이야. 이 동전이 어디서 났는지 알려주지. 자, 이리로 오고 있는 저 돈 많은 상인이 보이지. 내게 돌을 던진 것처럼 저 사람에게 돌을 던지면 더 많은 동전을 갖게 될 거야."

개구쟁이는 이솝의 말대로 하다가 붙잡혀 큰 벌을 받았습니다.   __이솝과 개구쟁이

이것이 익살스러운 이솝의 교육입니다. 돈 욕심을 이용해서 잘못을 벌 주는 것이지요. 아마 소년은 평생 잊지 못할 큰 교훈을 얻었을 것입니다.

지위보다 역할을 존중하라

아주 오래전, 사람 몸의 구성원들이 지금처럼 사이 좋게 함께 일하지 않았을 때, 몸의 각 구성원들은 자기들만큼 열심히 일하지 않고 게으르고 사치스런 생활을 하는 위를 비난했습니다.

어느 날 그들은 위를 혼내 주기 위해 아무 일도 하지 않기로 결정했습니다. 손은 아무것도, 하다못해 빵조각조차도 들어올리지 않겠다고 선언했고, 입은 더 이상 이가 씹어야 하는 음식을 받아들이지 않겠다고 선언했고, 다리는 더 이상 위를 이곳저곳으로 데려가지 않겠다고 선언했습니다. 기타 다른 구성원들도 자기가 맡은 일을 하지 않겠다고 선언했습니다.

그런데 위를 굶겨서 복종하게 하려는 그 계획을 실행에 옮기자마자 오히려 그들 모두가 점차 시들시들해지더니 전체적으로 몸이 그 기능을 잃기 시작했습니다. 결국 구성원들은 비록 위가 쓸모없는 것처럼 보이기는 해도 그 자체로 중요한 기능을 한다는 것을 확실히 알게 되었습니다. 위가 그들에게 의존하듯이 그들도 위에 의존한다는 것과 몸을 건강한 상태로 유지하고자 한다면 함께 일해야 한다는 것을 깨달았습니다. __위와 다른 신체 구성원들

일하는 게 눈에 보이지 않는다고 일을 하지 않는 건 아닙니다. 우리 몸이든 우리 사회든 모두 유기적으로 연결되어 각자 맡은 일을 묵묵히 수행하고 있다는 걸 알아야 합니다. 때론 가장 작은 나사의 역할이 가장 중요하기도 합니다. 그래서 누구나 사회 구성원으로서 존중받아야 하는 것입니다.

열 마리 고양이보다 사자 한 마리

옛날 옛날에 모든 동물들이 모여서 어떤 동물이 새끼를 가장 많이 낳을 수 있는가에 대해 논쟁을 벌이고 있었습니다. 그들은 암사자에게로 가서 그 논쟁을 해결해 달라고 부탁했습니다. 그러면서 사자에게 먼저 물었습니다.

"그런데 당신은 새끼를 낳을 때 한 번에 몇 마리나 낳습니까?"

그러자 암사자가 느긋한 태도로 대답했습니다.

"한 마리. 하지만 그 한 마리가 바로 사자야!" __암사자

무조건 많다고 좋은 게 아닙니다. 한 번에 한 마리를 낳지만 그게 모든 동물들을 떨게 하는 사자이니까요.

빛날 때에 겸손하라

너무 많은 기름 때문에 뚱뚱하고 건방져진 촛불이 어느 날 저녁, 많은 군중 앞에서 태양이나 달보다도 그리고 모든 별을 다 합친 것보다도 자신이 훨씬 더 밝게 빛난다며 자랑하고 있었습니다. 바로 그 순간 한 줄기 바람이 불어오더니 촛불을 꺼버렸습니다. 그때 누군가 초에 다시 불을 붙이며 말했습니다.

"계속 빛나렴, 친애하는 촛불아. 하지만 잠자코 있어. 천국의 빛은 절대 꺼지지 않아." __주제넘은 촛불

촛불의 교만이 하늘을 찌르지만 한 줄기 바람에도 꺼져 버리고 맙니다. 스스로 빛을 내지 못하는 사람일수록 겸손해야 합니다. 기름이 없으면 빛날 수 없고 약한 바람에도 쉬 꺼지기 때문입니다.

잠깐의 승리에 도취하지 말라

두 마리의 수탉이 서로 거름더미를 차지하기 위해 격렬하게 싸우고 있었습니다. 마침내 싸움에서 진 쪽은 온통 상처투성이가 되어 닭장 구석으로 살금살금 들어갔고, 승리자는 날개를 푸드덕거리면서 옥외 화장실 꼭대기로 곧장 날아가 크게 소리쳤습니다.

"내가 이겼노라. 내가 승자니라!"

바로 그때 독수리 한 마리가 하늘에서 내려와 그 닭을 홱 덮치더니 발톱으로 낚아채 날아가 버렸습니다. 이 광경을 숨어서 지켜보던 패배한 경쟁자는 밖으로 나와 거름더미를 차지했고, 왕의 위엄을 가지고 암컷들 사이를 뽐내며 걸어다녔습니다.   __싸우는 수탉들과 독수리

승리했다고 인생이 끝난 게 아닙니다. 승리에 도취해 교만해지면 불행이 따를 수 있습니다. 싸움에서 진 수탉은 조용히 물러나 안전할 수 있었으나 승리한 수탉은 승리에 도취해 있다가 독수리의 밥이 되었습니다.

사람들은 내가 아니라
내가 쓴 감투에 머리를 숙인다

어떤 종교 행렬에서 성상을 나르던 당나귀가 한 마을을 지나게 되었습니다. 당나귀가 끌고 가는 성상이 지나가자 사람들이 깊은 경의를 표하며 고개를 숙였습니다.

그러자 당나귀는 그들이 자신을 경배하고 있다고 착각하고 자아도취에 빠져 한 발짝도 더 나아가려고 하지 않았습니다. 그러자 마부가 다가와 그의 등에 매질을 하며 말했습니다.

"이 어리석은 바보야! 사람들은 네가 아니라 네가 싣고 있는 성상에 존경심을 나타내고 있는 거야." ─당나귀와 마부

나에게 절하는 것인지, 내가 쓴 감투에 굽신대는 것인지 분별할 줄 알아야 합니다. 잠시 쓴 감투를 믿고 교만하게 굴면 큰 굴욕이 돌아올 것입니다.

교만하면 평지에서도 넘어진다

토끼는 항상 거북의 짧은 발과 느린 걸음을 비웃었습니다. 그러나 거북은 웃으며 말했습니다.

"네가 비록 바람처럼 날쌜지라도 난 널 이길 수 있어."

그러자 토끼가 말했습니다.

"그렇다면 경주를 해보자고! 넌 네가 한 말을 후회하며 살게 될 거야."

그래서 여우가 경주 코스를 고르고 도착지를 정하기로 했습니다.

경주가 시작되자 거북은 단 한 순간도 쉬지 않고 일정한 속도로 기어가기 시작했습니다. 물론 토끼는 곧 거북보다 훨씬 앞장서 달리기 시작했습니다. 토끼는 중간지점에 도달하자 즙이 많은 풀을 뜯어 먹으며 장난을 치고 놀았습니다. 게다가 날이 더웠기 때문에 그늘진 곳에서 잠깐 낮잠을 자야겠다고 생각했습니다. 혹시 자고 있는 동안 거북이 자신을 앞질러 간다 해도 결승점에 도착하기 전에 다시 쉽게 따라잡을 수 있다고 자신했습니다.

그러는 동안 거북은 결승점을 향해 무거운 발걸음을 한 발 한 발 옮겨놓았습니다. 마침내 토끼가 잠에서 깨었을 때, 어느덧 거북이가 결승선을 향하고 있는 것을 보고 깜짝 놀랐습니다. 토끼는 결승선을 향해 있는 힘껏 달리기 시작했습니다. 하지만 그보다 앞서 결승선을 지나 편히 쉬면서 그가 도착하기만을 기다리고 있는 거북을 보았을 뿐이었습니다. __토끼와 거북

교만은 금물입니다. 토끼와 거북이의 경주는 누가 봐도 토끼의 완승으로 보일 것입니다. 그런데 바로 그 생각에 반전이 있습니다. 토끼는 해보나 마나한 경주에서 지고 맙니다. 누구든 해보기도 전에 승리를 과신해서는 안됩니다. 그래서 '길고 짧은 건 대봐야 한다'는 말이 있는 것입니다.

자기 병부터 고쳐라

늪 속에서 튀어나온 한 의사 개구리가 모든 질병을 고치기 위해 나왔다며 온 세상을 향해 소리쳤습니다.

"세상에서 가장 신비스런 힘을 보이는 의사를 이리 와서 보시오! 누구도 나와 견줄 수 없소. 제우스의 주치의인 아에스쿨라피우스조차도 말이오."

그러자 여우가 물었습니다.

"어떻게 감히 너는 다른 이들을 고칠 수 있는 척하는 거냐? 너의 절름거리는 걸음걸이와 얼룩지고 주름진 피부도 고칠 수 없는 주제에." __돌팔이 의사 개구리

우리가 사는 세상에도 돌팔이 의사는 꽤 있지요. 남의 문제를 해결해 주겠다고 큰소리치는 사람들 말이지요. 남의 문제보다 자신의 문제를 해결하는 게 먼저입니다.

열흘 붉은 꽃은 없다

멋진 장신구로 치장을 하고 전쟁터로 향하는 종마가 무거운 짐을 등에 싣고 걸어가던 당나귀에게 소리쳤습니다.

"내 앞길을 비켜라. 그렇지 않으면 내 발밑에 놓고 밟아 주겠다."

당나귀는 아무 말도 하지 않고 조용히 말이 지나가도록 한쪽으로 비켜 주었습니다. 이 사건이 있은 뒤 얼마 되지 않아서, 당나귀는 그 똑같은 말을 길에서 만나게 되었는데 이번엔 상황이 좀 달랐습니다. 그 종마는 전투에서 부상을 입었고 그의 주인은 죽고 말았습니다. 그 자신도 이제는 절름발이인데다가 반 장님이었고 새 주인이 시키는 대로 무거운 짐을 실어야 했는데, 그 새 주인은 심한 채찍질을 하며 그를 몰았습니다. __종마와 당나귀

한때 잘나가던 사람도 비천하게 될 수 있고, 어렵던 사람이 재력가가 될 수도 있습니다. 정말이지 인생은 모르는 것입니다. 그러므로 지금 절망할 것도 교만할 것도 없습니다.

시장에 내놔 봐야 가격을 안다

어느 날, 헤르메스는 사람들이 자신을 어떻게 생각하는지 알고 싶어졌습니다. 그래서 여행자로 변장을 하고 한 조각가의 작업장으로 들어갔습니다. 그는 그곳에서 각기 다른 조각품들의 가격을 묻기 시작했습니다. 헤르메스는 제우스 상을 가리키며 그것을 사려면 얼마를 내야 하는지를 물었습니다. 조각가가 말했습니다.

"일 드래크머입니다."

헤르메스는 고소하다는 듯 몰래 웃으며 물었습니다.

"이 헤라 상은 얼마입니까?"

조각가는 그것에 대해서 더 높은 가격을 말했습니다. 그때 헤르메스 자신의 조각상이 눈에 들어왔습니다. 그는 생각했습니다.

'이 친구는 아마 이것에 대해서는 거의 열 배의 가격을 요구할 거야. 어쨌든 나는 하늘의 전령이고 그가 얻는 모든 것의 원천(헤르메스는 예술의 신이다)이니까.'

그래서 그는 조각가에게 헤르메스 조각상은 얼마를 받느냐고 물었습니다.

조각가가 말했습니다.

"음, 만약 당신이 제가 제시한 값에 앞의 두 조각상을 사신다면 이것은 무료로 드리겠습니다." __헤르메스와 조각가

헤르메스의 코가 납작해졌습니다. 우리 속담에 '떡 줄 사람은 생각도 않는데 김칫국부터 마신다' 는 말이 있습니다. 자신의 가치는 스스로 정하는 것이 아닙니다. 냉정한 사회에서 평가를 받아야 비로소 알 수 있는 것입니다.

허풍선이에게는 자신만 속는다

외국을 오래 여행한 한 남자가 집으로 돌아왔습니다. 그는 여러 장소에서 보고 들은 것들에 대해 허풍을 떨며 자랑을 하고 있었습니다. 무엇보다도 자기가 로도스 섬에 있을 때, 아주 비범한 도약 실력을 보였는데, 어느 누구도 그 기록을 따라올 수 없었다며 그것을 증명할 목격자도 있다고 말했습니다. 그런데 그의 말을 듣고 있던 한 사람이 대꾸했습니다.

"아마도 그렇겠지. 하지만 그 말이 사실이라면 목격자는 필요없어. 단지 여기가 로도스 섬이라고 생각하고 그 도약 실력을 다시 한 번 보여줘!"

__자랑하기 좋아하는 여행자

작은 것에 허세를 부리면 그 사람 전부를 믿지 못하게 만듭니다. 보이지 않는 것이라고 마구 과장해서 이야기하면 결국 그 사람의 속이 보이게 됩니다.

나무 아래 쉬면서 나무를 욕한다

어느 뜨거운 여름날, 태양 열기에 지친 몇 명의 나그네들이 커다란 플라타너스 나무를 발견하고 그곳으로 재빨리 달려갔습니다. 그리고 도착하자마자 땅바닥에 쓰러져 넓게 뻗은 나무 그늘 아래에서 휴식을 취했습니다. 그들이 누워 있는데 한 나그네가 다른 사람들에게 말했습니다.

"플라타너스는 참 쓸모없는 나무야. 열매도 열리지 않고 어떤 방법으로도 사람이 이용할 수 없으니 말이야."

그러자 플라타너스가 그들에게 대답을 했습니다.

"은혜도 모르는 고약한 것들아! 나 때문에 혜택을 받고 있는 이 순간에도 너희들은 내가 아무 짝에도 쓸모없는 것인 양 나를 조롱하고 있구나."

__플라타너스의 항변

플라타너스 그늘에서 쉬고 있으면서도 플라타너스가 아무짝에도 쓸모가 없다고 말하는 사람들. 경제적으로 도움이 되어야만 쓸모있다고 생각하니 은혜를 모르게 되는 것입니다.

분수에 맞게 살아라

어느 날 뱀 꼬리가 더 이상은 머리의 명령을 따르지 않겠다고 선언했습니다. 그러면서 꼬리가 말했습니다.

"이제는 내가 지도자가 될 차례야!"

그러자 몸의 다른 부분들이 이구동성으로 꼬리에게 말했습니다.

"이 한심한 것아, 입 좀 다물어! 네게 눈도 없고 코도 없고 몸통도 없는데, 어떻게 지도자가 될 수 있어?"

하지만 꼬리는 그들의 말을 듣지 않았습니다. 그리고는 억지를 부려 자신이 앞장서 몸을 끌고 나갔습니다. 앞을 제대로 가늠할 수 없었던 꼬리는 결국 돌투성이 속으로 몸을 처박게 되어 등뼈가 부러지고 온 몸 가득 멍투성이가 되고 말았습니다. 그러자 꼬리는 머리에게 이렇게 애원했습니다.

"지도자님, 구해 주세요. 제가 공연히 소란을 피워서 이런 결과를 초래했습니다. 이전으로 돌아갈 수만 있다면 다신 심려를 끼치지 않도록 조심하겠습니다." __ 뱀과 꼬리

 뱀 꼬리가 일을 냈습니다. 머리가 될 자격이 없는 뱀 꼬리가 질투심 때문에 억지를 부려 모두를 곤경에 빠뜨리고 말았군요. 자신이 능력이 없으면 뒤로 물러서고, 다른 사람의 말이 옳으면 따를 줄 알아야 합니다. 능력 없는 지도자는 자신뿐 아니라 공동체 전체를 망치기 때문입니다.

베풀면 돌아온다

개미 한 마리가 갈증을 달래기 위해 물가에 갔다가 그만 굴러 떨어져 물속으로 가라앉기 시작했습니다. 다행히도 근처 나무 위에 앉아 있던 비둘기가 개미의 곤란한 상황을 보았습니다. 비둘기는 나뭇잎을 뜯어 물 위로 떨어뜨려 주었습니다. 개미는 그 위로 기어 올라갔고 곧 물가로 안전하게 밀려 왔습니다.

그 후 얼마 지나지 않아 새 사냥꾼이 그물을 던져 비둘기를 잡으려 했습니다. 그때 개미가 사냥꾼의 발 뒤꿈치를 물었고 그는 큰 소리로 비명을 지르며 그물을 떨어뜨렸습니다. 그 소리에 자신이 위험에 처했음을 안 비둘기는 무사히 멀리 날아가 버렸습니다. __비둘기와 개미

은혜를 베풀면 작은 개미가 하늘을 나는 비둘기를 구할 수도 있습니다. 사람도 살면서 이런저런 은혜를 받고 살아갑니다. 그것을 잊지 않고 서로 갚으면서 살아간다면 세상은 그만큼 따뜻해질 것입니다.

도리를 알면 순리대로 풀린다

벌판을 헤매던 사자의 발에 가시가 박혔습니다. 곤경에 처한 사자는 양치기를 찾아가 도움을 청했습니다.

"겁내지 마세요. 먹이를 구하려는 것이 아닙니다."

사자는 가시 박힌 앞발을 들어 양치기의 무릎 위에 얌전히 올려놓았습니다. 양치기는 그런 사자의 앞발에서 가시를 빼내고 상처를 보살펴주어 사자는 무사히 숲으로 돌아갈 수 있었습니다.

세월이 흐른 어느 날, 양치기는 무고하게 고발당해 야수의 먹이로 경기장에 던져졌습니다. 사나운 맹수들이 으르렁대며 사방에서 쏟아져 나오는데 그 가운데에 그 사자도 끼여 있었습니다. 사자는 예전에 자신을 치료해준 양치기를 알아보고 가까이 다가가 양치기의 무릎 위에 가만히 앞발을 올려놓았습니다. 사연을 알게 된 왕은 사자를 풀어 주고, 양치기를 가족에게 돌려보냈습니다. ＿사자와 양치기

선한 마음은 보답 받습니다. 사자가 은혜를 잊지 않고 있었기에 양치기와 사자 모두 자유를 얻을 수 있었던 것입니다.

적반하장도 인간의 모습

늑대가 먹이를 허겁지겁 먹다가 그만 뼈가 목구멍에 걸렸습니다. 너무 고통스러워서 숲 속을 뛰어다니며 울부짖었습니다. 그리고 그것을 꺼내 주는 동물에게는 푸짐한 사례를 하겠다고 했습니다.

사례에 대한 기대뿐 아니라 그의 간곡한 부탁에 마음이 움직인 한 두루미가 과감히 자신의 긴 목을 늑대의 목구멍에 넣어 그 뼈를 뽑아냈습니다. 그런 다음 두루미는 조심스럽게 약속한 사례를 요구했습니다. 그러나 늑대는 그저 이빨을 드러내며 웃는 것이었습니다. 늑대는 그럴듯하게 분한 모습을 보이며 대답했습니다.

"은혜도 모르는 녀석이로군! 어떻게 감히 네 목숨 말고 또 다른 사례를 요구하는 것이냐? 너는 내 입 안에 머리를 집어넣었다가 무사히 다시 뺄 수 있었던 유일한 존재인데도 말이야." __늑대와 두루미

목에 걸린 뼈를 빼주면 푸짐한 사례를 해주겠다고 약속했던 늑대였건만 두루미가 뼈를 빼주고 나자 사례는 고사하고 감사하라고 합니다. 사람들 중에도 도움을 받은 전후의 태도가 다른 이들이 있습니다. 그러나 급할 때 한 약속일수록 잘 지켜야만 다음에 더 큰 도움을 받을 수 있는 것입니다.

보이지 않는 도움이 더 크다

들일을 나가던 농부가 덫에 걸려 허우적거리는 독수리 한 마리를 발견했습니다. 농부는 평소 독수리의 용맹스러움을 좋아했기에 덫의 걸쇠를 풀어 그 독수리를 살려 주었습니다. 그러자 독수리는 목숨을 살려준 농부에게 고맙다며 인사하듯 농부의 머리 위를 몇 번 맴돌더니 힘차게 날아올랐습니다.

그런 일이 있은 얼마 후 독수리는 그 농부가 무너지기 직전인 담벼락에 기대앉아 있는 것을 보았습니다. 농부는 그 사실을 모르는 채 그곳에서 휴식을 취하고 있었습니다. 독수리는 재빨리 그에게로 날아가서 머리에 쓴 두건을 낚아챘습니다. 그리고는 농부가 쫓아오기 시작하자 독수리는 멀찍이 떨어진 곳에 두건을 떨어뜨렸습니다. 농부가 두건을 집어 들고 원래의 자리로 돌아와 보니 놀랍게도 자신이 기대고 있던 담벼락이 무너져 있었습니다. 농부는 독수리가 자신에게 은혜를 갚았음을 알게 되었습니다. __독수리와 농부

덫에 걸려 허우적거리는 독수리를 살려주었더니, 이번에는 독수리가 다 넘어가는 담벼락에 기대 있던 농부를 구해 주네요. 독수리의 도움은 아주 자연스럽게 의도가 드러나지 않게 이루어졌습니다. 이런 것이 세상 살 맛이 나게 하는 것 아닐까요. 내가 베푼 것은 반드시 되돌아옵니다. 그것이 당장 눈에 보이게 오지는 않더라도 말이지요.

무조건 동정하지 말라

새끼를 낳게 된 어미 개 한 마리가 이웃집 개를 찾아가 그의 집에서 새끼를 낳아도 되느냐고 물었습니다. 개집 주인이 괜찮다며 허락하자 어미 개는 거기서 새끼를 낳았습니다. 그런 얼마 후 집주인이 집을 돌려달라고 하자, 어미 개는 강아지들이 걸을 수 있을 정도로 클 때까지 기다려 달라고 했습니다. 다시 그 때가 되어 집주인이 자기 집을 돌려달라고 요구하자, 어미 개는 사나운 이빨을 드러내며 이렇게 으르렁거렸습니다.

"자, 우리들과 겨룰 수 있다면 해봐." __어미 개와 강아지

사람들에게서도 이런 경우를 볼 때가 있습니다. 적반하장인 이 개가 나쁘긴 하지만, 상대를 제대로 파악하지 않고 무턱대고 받아주면 이런 결과를 보게 될 것입니다.

일하는 기계가 되지 말라

여행길에 나선 견유 철학자 디오게네스가 어느 범람한 강가에 이르러 건너지 못하고 서 있었습니다. 그때 주기적으로 사람들을 태우고 강을 건너주는 뱃사공이 디오게네스가 어쩔 줄 모르고 있는 것을 보고 다가와 그를 태우고 강을 건너주었습니다. 디오게네스는 반대편 강가에 다다르자 돈이 없어 뱃사공에게 보답을 하지 못하는 것을 한탄했습니다. 그러고 있는데 뱃사공은 강을 건너지 못하고 있는 또 다른 여행자를 보고 도움을 주러 갔습니다. 그러자 디오게네스는 뱃사공에게 이렇게 말했습니다.

"이제 당신에게 빚진 기분이 들 것 같지 않소. 왜냐하면 당신이 하는 일은 중독에 의한 행동인 것 같으니까." __디오게네스와 뱃사공

관성적으로 기계처럼 일을 하면 보람을 느낄 수도 없고 감사를 받을 수도 없습니다. 나중에는 노쇠한 육신만 남을 뿐입니다.

하찮은 것에도 큰힘이 숨어 있다

사자가 잠자리에서 자고 있을 때, 생쥐가 그만 실수로 사자의 코 위로 달려가는 바람에 그를 깨우고 말았습니다. 화가 난 사자는 겁먹은 작은 짐승을 그의 발로 거머쥐고는 막 밟아 으깨려고 했습니다.

그때 생쥐가 간절히 자비를 구하며 말했습니다.

"일부러 당신을 다치게 할 생각은 없었어요. 그 영광스런 발을 하잘것없는 먹이 때문에 더럽히지 말아 주세요."

그러자 사자는 작은 죄인의 공포에 미소 지으며 너그럽게 그를 놓아주었습니다.

시간이 얼마쯤 흘러, 이번엔 먹이를 찾아 숲을 어슬렁거리던 사자가 어떤 사냥꾼들이 쳐놓은 그물에 걸렸습니다. 도저히 빠져나갈 수 없게 꼼짝없이 걸려든 것을 안 사자는 온 숲이 들썩이도록 포효했습니다.

이전에 자신을 구해준 은인의 목소리임을 알아차린 생쥐는 그 현장으로 달려갔습니다. 그리고는 조용히 사자를 얽어맨 매듭을 조금씩 물어뜯기 시작했습니다.

짧은 시간에 그물은 다 끊어졌고 그 위엄 있는 사자는 풀려났습니다.

생쥐는 친절은 헛되지 않다는 것과 아무리 빈약한 생물이라도 은혜에 보답할 힘이 있음을 사자에게 확인시켜 주었습니다. __사자와 생쥐

크고 능력 있는 존재만 은혜를 베풀 수 있는 것은 아닙니다. 작고 약한 존재라도 큰힘을 발휘할 수 있고, 때론 작은 친절이 엄청난 일을 해내기도 한답니다.

입으로는 '동쪽'
손가락은 '서쪽'

사냥 중에 몇 마리의 사냥개들에게 쫓기던 여우가 나무를 베고 있던 한 남자에게 다가가 숨을 만한 장소를 제공해 달라고 부탁을 했습니다. 나무꾼은 자기 오두막을 가리켰고, 여우는 안으로 살금살금 들어가 구석에 몸을 숨겼습니다. 곧 사냥꾼들이 도착해서 그 남자에게 물었습니다.

"혹시 여우를 보지 못했소?"

남자는 "아니요"라고 말했지만 손은 자기 오두막을 가리켰습니다. 그러나 사냥꾼들은 그 암시를 알아차리지 못하고 재빨리 가던 길을 계속 가버렸습니다. 여우는 사냥꾼들이 완전히 가 버렸다고 확신하자 나무꾼에게는 한 마디 말도 없이 가려 했습니다. 그러자 나무꾼은 여우를 꾸짖으며 말했습니다.

"이런 배은망덕한 놈아! 이것이 은인에게 하는 작별인사냐? 나는 네 생명의 은인인데 고맙다는 말 한마디 없이 떠나는구나."

그러자 여우가 대꾸했습니다.

"참 훌륭한 은인이군요! 당신의 행동이 말만큼만 좋았다면 나는 작별인사도 없이 오두막을 떠나지는 않았을 겁니다." __여우와 나무꾼언행일치라는 말이 있습니다. 말과 행동이 일치해야 한다는 뜻이지요. 입으로 아무리 좋은 말을 해도 행동이 반대면 친구를 얻을 수가 없습니다. 아무도 모르는 것 같아도 말 따로 행동 따로인 것을 다들 알고 있으니까요.

냉정한 인과응보의 법칙

사냥꾼에게 쫓기고 있던 수사슴이 한 포도나무 가지 밑에 숨었습니다. 사냥꾼이 그를 발견하지 못하고 지나가 버렸습니다. 수사슴은 위험한 것이 사라졌다고 생각하자, 자기를 숨겨준 나뭇잎들을 먹기 시작했습니다. 그런데 사냥꾼들 중 한 명이 나뭇잎이 바삭거리는 소리를 듣고 뒤돌아보았습니다. 그리고는 숲을 향해 화살을 쏘아 사슴을 맞혔습니다. 수사슴은 죽어가며 말했습니다.

"위험에 빠진 나를 구해준 포도나무에게 감사할 줄도 모르고 오히려 그 잎사귀를 먹었으니 나는 이런 일을 당해도 싸다." __수사슴과 포도나무

위급함을 넘겼다고 안면을 바꾸거나 오히려 해를 끼치는 파렴치한 사람들이 있습니다. 은혜를 원수로 갚으면 더 큰 재앙이 자신에게 되돌아오게 됩니다.

뻔한 거짓말은 화를 키운다

어느 날 그물을 쳐서 살아가는 한 어부가 온종일 힘들게 일하고도 오직 작은 물고기 한 마리만을 잡았습니다. 그 작은 물고기가 간청했습니다.

"살려 주세요. 제발 부탁이에요. 저는 너무 작아서 당신에게는 한 끼 식사도 되지 못해요. 저는 아직 다 자라지 않았거든요. 당신이 저를 다시 강물에 넣어 주시면 좀더 커져서 먹을 만하게 될게요. 그런 다음 여기로 오셔서 저를 다시 잡으세요."

어부가 냉정하게 말했습니다.

"너 나를 바보로 생각하니? 나는 지금 너를 잡겠어. 그리고 내가 너를 다시 물로 돌려보낸다면 너는 이렇게 노래할 거야. '날 잡아봐, 네가 할 수 있다면.'" __어부와 작은 물고기

너무 뻔한 거짓말은 아무리 공손해도 상대를 화나게 할 뿐입니다.

성실하게 모아서 빛나게 써라

어떤 수전노가 있었습니다. 그는 자신의 재산을 늘 안전하고 보호받는 상태로 갖고 있기 위해 가지고 있는 모든 것을 팔았습니다. 그리고 그것들을 하나의 금덩어리로 만들어 땅속에 감추었습니다. 그리고 계속해서 그곳을 찾아가 감시했기 때문에 그의 일꾼 하나가 주인이 보물을 숨겨 놓았다는 것을 눈치챘습니다.

수전노가 그곳을 지키다 돌아가자 일꾼은 그곳으로 가 금을 훔쳤습니다. 다음 날 수전노는 구덩이가 텅 비었음을 알게 되자 머리카락을 쥐어뜯으며 통곡했습니다. 그때 그의 모습을 지켜보던 이웃이 그에게 말했습니다.

"더 이상 슬퍼하지 말아요. 단지 돌 하나만 가져다가 같은 장소에 넣어둬요. 그런 다음 그것이 당신의 금덩어리라고 생각해요. 당신은 절대 그것을 사용할 뜻이 없었으니까, 그 돌은 그 금만큼 좋은 것이 될 거예요." _수전노

🌾 돈만 최고로 알고, 쓸 줄 모르는 사람을 수전노라고 부릅니다. 제대로 사용하지 않는 재물은 돌이나 마찬가지입니다. 재물은 잘 쓰기 위해 모으는 것이지 지키기 위해 모으는 것이 아닙니다.

돈이면 눈물도 산다

어느 부자에게 딸이 둘 있었는데 그중 하나가 죽자 그는 곡하는 사람 몇 명을 고용했습니다. 남아 있는 딸이 엄마에게 말했습니다.

"우린 너무 불행해요. 가족을 잃은 사람은 우리인데도 우리는 어떻게 곡하는지조차 모르고 있잖아요. 우리와는 상관도 없는 이 여인들은 자기를 때려 가며 울고 있어요."

엄마가 대답했습니다.

"아가야, 이 여인들이 그토록 슬프게 곡한다 해도 놀라지 마라. 저들은 돈을 벌기 위해서 우는 것이란다." __부자와 대곡꾼

옛날에는 누군가가 죽으면 곡을 잘해야만 장사를 잘 치르는 것으로 알고 있었습니다. 그래서 대곡꾼도 등장을 했지요. 흥부가 대신 매를 맞고 돈을 벌 듯이, 어떤 힘든 일도 돈을 벌기 위해 시키는 대로 하는 것이 인간입니다.

재물이 있는 곳에 부패도 있다

뛰어난 능력을 발휘한 영웅 헤라클레스가 신이 되어 올림포스 산으로 올라갔습니다. 신전에서의 첫 번째 행사로 헤라클레스는 신의 반열에 오른 자신을 축하하기 위해 모인 여러 신들과 차례대로 인사를 하게 되었습니다. 그런데 재물의 신인 플루토스가 다가오자 헤라클레스는 등을 돌리며 그를 외면했습니다. 이를 목격한 제우스가 이상히 여겨 그 이유를 묻자 헤라클레스는 이렇게 대답했습니다.

"저는 부자들을 신뢰하지 않습니다. 플루토스는 돈을 사방에 뿌리면서 세상을 부패시키는 못된 사람들의 친구니까요." __헤라클레스와 플루토스

너무 많아도 탈, 너무 없어도 탈인 게 돈이라고 합니다. 돈에 대해 탐욕은 세상을 부패하게 만들고 인간의 마음을 썩게 합니다.

허영보다 실리

수탉은 자신과 가족의 먹이를 찾기 위해 농가 안마당에서 땅을 긁어 파던 중 보석을 발견하게 되었습니다. 그것이 매우 귀한 것임은 확신할 수 있었지만 그것을 가지고 무엇을 하는지 몰랐던 수탉이 말했습니다.

"너는 분명 너의 가치를 알아주는 사람들에게는 매우 훌륭한 물건이야. 하지만 나는 세상의 모든 보석보다도 한 알의 맛있는 보리를 가지겠어."

_수탉과 보석

수탉에게 보석이 무에 필요하겠어요. 양식이 되는 한 알의 보리가 더 낫지요. 남에게 귀하다고 자신에게 귀한 건 아닙니다. 남들을 따라가기 위해 허세를 부리는 것은 남들에게 우세를 사고 자신에게 빚만 남깁니다.

말로 팔고 말로 산다

한 남자가 헤르메스 신의 목각상을 만들어 시장에 팔려고 내놓았습니다. 사러 오는 사람이 없자 남자는 손님을 끌기 위해 목각상을 높이 쳐들고 큰 소리로 외쳤습니다.

"여러분 이 신상을 보세요. 이 신상은 지니고만 있어도 큰 행운과 재물을 준답니다."

그것을 보고 어떤 사람이 이렇게 물었습니다.

"그 신상이 그렇게 좋다면 왜 당신이 그 행운을 누리지 않고 팔려고 내놓은 거요?"

그러자 남자가 대답했습니다.

"나는 당장 돈이 필요한데 이 신상이 행운과 재물을 가져다주려면 시간이 좀 걸리거든요!" _헤르메스 상과 남자

장사꾼은 상품을 과장하게 마련입니다. 하지만 신상을 팔아 돈이 생기면 그게 장사꾼에게는 행운이 되겠지요.

제비 한 마리로 봄이 오는 건 아니다

한 방탕한 청년이 물려받은 재산을 모조리 탕진하고 단지 망토 하나만을 가지고 있었습니다. 그는 일찍 당도한 제비를 보고는 여름이 온 걸로 생각해서 망토를 벗어 그것 역시 팔아버렸습니다. 하지만 겨울 같은 날씨가 여전히 계속되어 매우 추웠습니다.

그는 어느 날 산책을 하다가 우연히 제비를 만났는데, 불행히도 얼어 죽어 있었습니다. 그가 말했습니다.

"아이구, 불쌍한 것! 너는 우리 둘을 동시에 파멸시켰구나." __방탕한 젊은이와 제비

제비 한 마리가 봄을 가져오진 않습니다. 한 가지 기준으로 때를 판단하면 오류에 빠지기 쉽습니다. 샴페인을 너무 일찍 터뜨리면 손해만 더 커집니다.

정직이 최선의 방법이다

　　나무꾼이 강둑 위에서 나무를 베다가 실수로 도끼를 물속으로 떨어트렸습니다. 도끼는 금세 강바닥으로 가라앉았습니다. 그는 너무나 당황해서 강 옆에 주저앉아 눈물을 흘리며 자신의 부주의함을 탓했습니다. 다행히도 그 강의 주인인 헤르메스가 그를 불쌍히 여겨 홀연히 모습을 드러냈습니다. 나무꾼에게 있었던 이야기를 들은 헤르메스는 강 밑으로 들어가더니 금도끼를 들고 나왔습니다.

"이것이 네 도끼야?"

나무꾼이 대답했습니다.

"아니요."

헤르메스는 다시 강물 속으로 들어갔습니다. 은도끼를 가져와서 다시 물었습니다.

"이 도끼가 네 도끼야?"

나무꾼이 고개를 저으며 말했습니다.

"아닌데요."

그러자 헤르메스는 세 번째 물속으로 들어가서 나무꾼이 잃어버린 도끼를 가져와 물었습니다.

"이 도끼가 네 도끼야?"

나무꾼이 기뻐하며 말했습니다.

"예, 그것이 제 것입니다."

헤르메스는 나무꾼의 정직함에 너무 기뻐서 금도끼와 은도끼를 선물로 주었습니다.

나무꾼은 그의 친구들에게 가서 자신이 겪었던 일을 이야기해 주었습니다. 그 친구 중에 하나가 자기도 똑같은 행운을 가지게 될지 시험해 보기로 마음먹었습니다. 그래서 마치 그도 나무를 베려는 것처럼 같은 장소로 가서 일부러 도끼를 물속에 빠트렸습니다. 그런 다음 둑 위에 앉아서 우는 체했습니다. 헤르메스는 전에 그랬던 것처럼 나타나더니 그 남자가 도끼를 빠트려 울고 있다는 소리를 듣고, 곧바로 강물 속으로 들어갔습니다. 그러고는 금도끼를 들고 나와 물었습니다.

"이 도끼가 네 도끼야?"

나무꾼이 대답했습니다.

"예, 분명 제 도끼입니다."

그러자 헤르메스는 금도끼를 주지 않았을 뿐만 아니라 그 사람의 도끼도 돌려주지 않았습니다. __헤르메스와 나무꾼

사람이 정직하면 복이 굴러들어옵니다. 처음 금도끼, 은도끼를 봤을 때 왜 욕심이 없었겠습니까? 하지만 나무꾼은 정직했습니다. 그러자 금도끼 은도끼까지 같이 주지요. 살아가면서 정직만큼 인생을 값지게 하는 것도 없습니다. 자신에게나 남에게나 정직하세요.

얕보면 당한다

나무꾼이 숲으로 들어가 도끼 손잡이에 쓸 자루를 달라며 나무에게 간청했습니다. 온당한 요구로 보였기 때문에 우두머리 나무들은 즉각 그것을 허락했습니다. 그리고 수수하고 볼품없는 물푸레나무 정도면 적당할 거라고 말했습니다. 나무꾼이 그의 목적에 맞게 도끼에 손잡이를 끼워 넣자마자 그는 숲 속에 있는 최상의 나무들을 찍어 잘라내기 시작했습니다. 참나무가 이러한 일련의 사태를 알아차렸을 땐 너무 늦었습니다. 참나무는 옆에 있는 삼나무에게 속삭였습니다.

"한 번의 허락으로 우리는 모든 것을 잃었어. 만약 우리가 볼품없는 우리 이웃을 희생시키지만 않았어도, 우리는 오랫동안 계속해서 서 있을 수 있었을 텐데." ＿나무와 도끼

때론 힘없고 나약하게 보이는 것이 결정적인 역할을 할 때가 있습니다. 세상에 쓸모없는 것은 없습니다. 함부로 판단하고 결정했다가는 큰 해를 입게 됩니다.

눈속임은 드러나게 마련

눈이 안 보이게 된 한 노파가 의사를 불러서는 자신의 시력을 되찾아만 준다면 최고로 후하게 사례하겠다며 증인들이 보는 앞에서 약속을 했습니다. 그러나 의사가 노파의 눈을 고쳐주지 못하면 아무것도 받지 못하는 것이었습니다. 이런 조건에 동의한 뒤, 그 의사는 많은 진전을 보이지는 않으면서 이따금씩만 노파의 눈을 치료했습니다. 그러면서 그는 계속해서 노파의 재산을 조금씩 조금씩 훔쳐냈습니다.

몇 달이 흐른 뒤에 그는 마침내 성실하게 그의 일을 수행했고 노파의 눈을 고쳐 주었습니다. 그래서 의사는 노파에게 사례를 요구했습니다. 하지만 시력이 회복되자 노파는 자신의 집이 약탈당했음을 알게 되었고, 의사가 대가 지불을 요구할 때마다 핑계를 대며 지급을 연기했습니다. 결국 의사는 노파를 고소해 버렸습니다. 노파는 변론을 하며 말했습니다.

"저 의사가 한 말은 모두 사실입니다. 내 시력을 되찾아 주면 그에게 사례를 하고, 내 눈을 고치지 못하면 아무것도 주지 않기로 약속을 했습니다. 지금 그는 내가 치료되었다고 주장하고 있지만 정반대입니다. 내가 맨처음 눈병에 걸렸을 때, 내 집에 있는 갖가지 가구와 물건들을 그래도 볼 수는 있었습니다. 그러나 지금은 의사가 내 시력을 회복시켜 주었다고 하는데 내 가구나 가지고 있던 물건들의 흔적조차도 볼 수 없습니다." __노파와 의사

양심 없는 의사가 지혜로운 할머니에게 당했습니다. 남의 약점을 이용하려는 사람은 결국 제 발등을 찍게 되어 있습니다. 의사는 눈을 뜨고 있지만 한 치 앞도 못 보는 사람입니다.

말이 씨가 된다

어느 때인가 시인 시모니데스가 대가를 약속받고 씨름선수를 위해 승리의 찬가를 써주기로 했습니다. 마음에 들지 않는 주제여서 그런지 영감이 떠오르지 않자, 레다 여신의 쌍둥이 아들인 카스토르와 폴룩스가 권투를 즐긴 일을 칭송하며, 그 내용을 시의 일부로 사용했습니다. 그런데 시모니데스의 후원자는 그가 써준 작품을 칭송하면서도 약속한 돈을 삼분의 이만 지급했습니다. 그래서 시모니데스가 나머지를 요구하자 후원자는 이렇게 말했습니다.

"쌍둥이 형제에게 나머지를 지불하게 하시오. 그들에 대한 칭송이 삼분의 일을 차지하더군요."

그러면서 후원자는 덧붙였습니다.

"화가 나서 돌아갔다는 말을 듣고 싶지 않으니까, 오늘 저녁 내 집에 들러 주시오. 친척들을 모두 초대했는데 당신도 식사에 와 주었으면 하는 것이오."

시모니데스는 제대로 보수를 받지 못한 것에 화가 나기는 했지만, 후원자와 불쾌하게 헤어지고 싶지 않아 식사 초대에 응했습니다. 식사시간이

94

되어 시모니데스는 후원자의 집 식당 구석자리에 앉았습니다. 식사는 그런대로 즐거웠고 호사스러운 잔치 분위기가 실내를 가득 채우고 있었습니다. 그런데 문 밖에서 갑자기 소란이 일더니, 먼지와 땀으로 뒤덮인 젊은이 두 사람이 나타나 하인에게 중대한 일이 있으니 시모니데스를 불러달라고 요청했습니다. 놀란 하인이 시모니데스에게 이를 알리고, 시모니데스가 후원자의 식당에서 나오자마자 건물이 무너져 내려 모든 사람이 깔려 죽었습니다. 바로 쌍둥이 신들이 돈을 내는 대신 시인의 목숨을 구해준 것이었습니다. __시모니데스와 쌍둥이 신

재미있기도 하고 무섭기도 한 우화입니다. 후원자에게 충실하지 못했던 것은 시인의 잘못이지만, 나머지 돈은 신들에게 받으라는 말은 실현되었습니다.

지키지 못할 약속은 하지 말라

———— ❧ ————

어떤 가난한 남자가 병이 들어 신에게 도움을 청하며 이렇게 맹세했습니다.

"신이시어! 건강을 되찾을 수만 있다면 당신께 소 백 마리를 제물로 바치겠습니다."

신은 그가 진실을 말하는지 알고 싶어 기도를 들어주었고, 그는 말끔하게 병이 나았습니다. 하지만 병에서 회복되어서도 제물로 바칠 소가 없는 가난한 남자는 밀가루 반죽으로 소 백 마리를 빚어 제물로 바치면서 이렇게 말했습니다.

"신이시어! 보아주소서. 제가 서약을 지켰나이다."

그러자 신은 남자가 자신들을 속인 것에 화가 나서 그의 꿈에 나타나 이렇게 말했습니다.

"지금 바닷가에 가면 수백 탈란톤(고대 그리스의 화폐 단위)의 금화를 발견할 수 있을 것이다."

잠에서 깨어난 남자는 기뻐하며 금화를 찾으러 바닷가로 갔지만, 도착하자마자 해적들에게 잡히고 말았습니다. 그러자 남자는 자기를 풀어 주면 수백 탈란톤을 주겠다고 애원했습니다. 하지만 해적들은 그 남자의 몸값으로 수백 탈란톤을 받고 노예로 팔아 버리고 말았습니다.   __병든 남자와 신

🌿 지키지 못할 약속은 하지 않는 게 좋습니다. 당장 닥친 어려움을 모면하려고 허황된 약속을 하게 되면 나중에 당장의 고난보다 더 큰 화를 입게 됩니다.

제 2 장

쓴 충고일수록 달게 들어라

개성을 최대한 이용하라

박쥐 한 마리가 땅에 떨어지자, 새들의 천적인 족제비가 박쥐를 죽이려고 했습니다. 목숨이 위태로워진 박쥐가 살려달라고 빌었습니다. 족제비는 전혀 그럴 생각이 없다고 말했습니다. 그러자 박쥐가 꾀를 내어 이렇게 말했습니다.

"족제비 님, 사실 저는 새가 아니라 쥐랍니다. 저를 한번 잘 보세요."

그 말에 족제비가 요목조목 살펴보더니 박쥐를 보내주었습니다. 얼마 후 박쥐가 또다시 땅에 떨어지게 되어 이번엔 다른 족제비에게 붙잡혔습니다. 박쥐가 살려달라고 빌자, 족제비는 쥐들과 전쟁이 벌어졌다고 하면서 절대 살려줄 수 없다고 했습니다. 박쥐는 이번에도 꾀를 내어 이렇게 말했습니다.

"족제비 님, 그렇다면 저는 쥐가 아니라 새입니다. 이 날개를 한번 보시지요."

그러자 꼼꼼히 살펴본 족제비는 박쥐를 또 놓아주었습니다. __박쥐와 족제비

자기 몸 구조를 잘 이용해 박쥐가 목숨을 구했습니다. 지혜나 임기응변은 위기에 처한 자신을 살리는 일을 합니다. 죽음 앞에서도 기지를 발휘하면 살아날 수 있다는 것을 이 글은 말해주고 있습니다. 아무리 위급한 상황이 닥쳐도 지레 포기하지 말고 지혜를 모아 보세요.

달콤한 제안은 의심하라

비둘기들은 오랫동안 매를 두려워하며 살았습니다. 그러나 늘 긴장한 채 비둘기장 가까이에만 머물러 있었기 때문에, 계속되는 적의 공격을 간신히 모면할 수 있었습니다.

자신의 공격이 성공적이지 못하다는 것을 안 매는 이제 비둘기들을 속이기 위한 계략을 쓰기로 했습니다. 매가 어느 날 물었습니다.

"너희는 왜 항상 두려움에 싸인 생활을 계속하고 있는 거지? 내가 너희들을 솔개와 다른 매들의 공격으로부터 보호해 줄 수 있는데도 말이야. 너희는 그저 나를 너희 왕으로 삼기만 하면 돼. 그러면 난 더 이상 너희를 괴롭히지 않을 거야."

그러자 매의 제안을 믿은 비둘기들은 그를 왕으로 섬겼습니다. 하지만 매는 왕위에 앉자마자 하루에 한 마리씩 비둘기를 먹어 치우면서 왕으로서의 특권을 행사하기 시작했습니다. 다음 차례가 되는 한 불쌍한 비둘기가 말했습니다.

"우리는 정말 당해도 싸다." __매와 비둘기

매의 감언이설에 넘어간 결과는 비둘기들의 죽음입니다. 사람들도 사기꾼들의 감언이설에 넘어가 큰 손해를 볼 때가 있습니다. 달콤한 제안일수록 더욱 조심해야 합니다. 왜 다른 이가 아닌 나에게 그런 제안을 하는지 깊이 생각해야 합니다. 속고 나서 후회할 때는 이미 늦은 것입니다.

출구를 확인한 후 들어가라

여우가 우물에 빠졌는데 도무지 빠져나갈 방법을 찾아낼 수 없었습니다. 그때 목이 마른 염소 한 마리가 나타나 여우를 내려다보며 물이 깨끗하고 먹을 만하냐고 물었습니다. 여우는 자기가 처한 상황이 위태롭지 않은 체하며 대답했습니다.

"이리 내려와 봐, 친구야. 물이 너무나 맑아서 더 이상은 마실 수도 없을 정도야. 게다가 절대 마르지 않을 만큼 충분한 양이 있다고."

그 말을 듣자 염소는 이것저것 생각해 볼 것도 없이 즉시 우물 안으로 뛰어내렸습니다. 염소가 갈증을 풀자, 여우는 그들이 처한 상황을 염소에게 알려준 뒤 함께 탈출하기 위한 계획을 제안했습니다.

"네가 앞발을 벽에 걸치고 머리를 구부리면, 내가 네 등을 타고 뛰어서 탈출하는 거야. 그런 다음 네가 나올 수 있도록 내가 도와줄게."

염소는 이 제안에 기꺼이 동의했고, 여우는 염소의 등과 뿔을 이용해서 우물 밖으로 재빨리 나올 수 있었습니다. 빠져 나오자마자 여우는 할 수 있는 한 빨리 길을 떠났습니다.

한편 염소는 소리를 지르며 약속을 어긴 여우를 비난했습니다. 하지만 여우는 불쌍한 염소에게 차갑게 말했습니다.

"만약 네가 달고 있는 그 수염의 반만큼이라도 머리가 돌아간다면, 올라올 방법을 강구하기 전에는 절대로 우물에 내려오지 않았을 거야." __여우와 염소

염소가 조금만 지혜로웠다면 여우의 말처럼 올라올 방법을 강구하기 전에는 우물 속으로 내려오지 않았을 것입니다. 돌다리도 두들겨 보고 건너라는 말이 있듯, 처음 시도하는 일일 때는 조심 또 조심 하는 것이 중요합니다.

어떤 제안이든 이면을 생각하라

늑대 한 마리가 개들에게 공격을 받은 후 불구가 되어 움직일 수 없었습니다. 그때 양 한 마리가 지나가자 늑대는 근처의 시냇가에서 물을 떠다 달라고 부탁을 했습니다.

"나에게 마실 물을 좀 갖다 준다면 금방 나 혼자 힘으로도 먹이를 찾을 수 있을 것 같습니다."

양이 대답했습니다.

"그래요. 나도 당신이 그러리라고 확신해요. 내가 만약 물을 가지고 당신에게 가까이 간다면 분명 나까지도 당신의 먹이로 내놓아야 할 테니까요." ＿늑대와 양

양이 현명하지요. 먹이를 잡지 못하는 늑대는 한참 배가 고플 것입니다. 양이 물을 떠다 주면 분명 양까지 덮쳐 먹이로 만들 것입니다. 상대와 자신이 어떤 위치에 있는지 알면 호락호락하게 당하지 않을 수 있습니다. 양은 그것을 너무 잘 알고 있습니다.

궁하면 통한다

갈증으로 거의 목이 말라 죽을 지경인 한 까마귀가 멀리 주전자를 보고는 기뻐하며 그것이 있는 데로 날아갔습니다. 그렇지만 도착했을 때, 슬프게도 그 안에는 너무나 적은 물이 들어 있어서 아무리 노력해도 물에 닿을 수 없다는 것을 깨닫게 되었습니다. 까마귀는 물을 마실 수 있는 어떤 방법이 없을까 곰곰이 생각하다가 근처에서 조약돌들을 발견했습니다. 그 순간 머리를 스치는 것이 있었습니다. 까마귀는 조약돌을 하나씩 주워다가 주전자 안에 떨어뜨렸습니다. 물은 점차 가장자리까지 올라왔고 까마귀는 손쉽게 갈증을 풀 수 있었습니다.   __까마귀와 주전자

머리를 써야 합니다. 갈증을 느낀 까마귀는 물을 마시기 어려운 상태에서도 조약돌을 이용해 물을 먹습니다. 겉모양만 보고 포기하지 말고 여러 방면으로 궁리를 해보면 훌륭한 해결책이 나옵니다.

107

대상만 보지 말고 주변을 살피라

개와 수탉이 함께 여행을 떠났는데 해질녘엔 숲 속에 들어와 있었습니다. 닭은 나무 위로 날아올라 높은 가지 위에 자리를 잡았고 개는 그 아래에서 선잠을 잤습니다.

마침내 날이 밝아오자, 수탉은 평소대로 아주 큰 소리로 울었는데 그것이 여우의 주의를 끌었습니다. 여우는 그 닭으로 식사를 할 수 있겠다고 생각했습니다. 그래서 다가가 그 나뭇가지 바로 아래에서 닭에게 말했습니다.

"너는 정말 멋진 작은 새야. 그리고 동료 동물들에게도 도움을 주지. 그래서 그러는데 이리 내려오는 게 어때? 아침의 소망을 노래하며 함께 즐길 수 있을 텐데 말이야."

그러자 수탉이 말했습니다.

"나무 밑동으로 가 봐, 착한 친구야. 그리고 나의 종지기에게 종을 치라고 말해."

여우가 그 나무 밑동으로 다가가자, 개는 즉시 뛰어올라 여우의 일생을 끝내 버리고 말았습니다.   _개와 수탉과 여우

여우가 닭을 잡아먹으려고 꾀를 부렸는데, 오히려 닭이 여우를 나무 밑동으로 유인하는 바람에 개에게 죽임을 당하게 하였네요. 꾀가 많기로 유명한 여우가 닭의 말에 의심을 하지 않으면서 자기를 죽음으로 내몰고 만 것이지요. 여우는 닭에게 동료가 있다는 것도 닭이 자기 머리 위에 있다는 것도 몰랐습니다. 뛰는 놈 위에 나는 놈이 있는 법입니다.

동료의 경험을 통해 배우라

한여름 어느 날 매미 한 마리가 높다란 나무 꼭대기에서 노래를 부르고 있었습니다. 이때 그 나무 밑을 지나가던 여우가 매미를 잡아먹으려고 꾀를 내었습니다. 여우는 나무 밑에 눈을 감고 누워 어떻게 그런 작은 몸에서 그토록 우렁찬 소리가 나오는지 정말 궁금하다며 한번 아래로 내려와 보라고 말했습니다. 하지만 매미는 여우의 속임수를 알아차리고 곧바로 나뭇잎 하나를 뜯어 살짝 아래로 떨어뜨렸습니다. 여우는 그것이 매미인 줄 알고 확인도 안하고 발로 덮쳤습니다. 그러자 매미가 웃으며 이렇게 말했습니다.

"내가 그리로 내려간 줄 알았지? 언젠가 네 발톱에 매미의 날개가 끼어 있는 것을 본 다음부터는 항상 경계하고 있거든." __매미와 여우

경계심 많은 매미는 여우의 속임수에 넘어가지 않습니다. 한 번 경험한 것을 잊지 않고 같은 실수를 되풀이하지 않는 것이 중요합니다.

작은 쥐가 큰 황소를 괴롭힌다

───≈≈───

생쥐에게 물려 성난 황소가 생쥐의 뒤를 쫓았습니다. 생쥐는 재빨리 구멍 속으로 들어가 숨어 버렸습니다. 황소는 분통을 터트리며 벽을 거칠게 들이박다가 지쳐 구멍 앞에서 잠이 들었습니다. 그러자 구멍 속에서 지켜보던 생쥐가 황소 위로 기어 올라와 다시 한번 황소를 깨물고 구멍 속으로 도망쳤습니다. 황소가 벌떡 일어나서 어쩔 줄 몰라 하자 생쥐가 이렇게 말했습니다.

"덩치가 크다고 매번 이길 수 있는 건 아니야. 작고 보잘것없는 존재도 상대를 쓰러뜨릴 수 있는 거야." _생쥐와 황소

🌱 생쥐에게 당하는 황소 이야기군요. 생쥐의 말처럼 작고 보잘것없는 존재도 큰 상대를 쓰러뜨릴 수 있는 것입니다. 작다고, 보잘것없다고 의기소침하지 마세요. 당신에게도 생쥐처럼 황소를 이기는 날이 올 것입니다.

강자는 힘으로 말한다

어느 날 사자와 당나귀, 그리고 여우는 그들이 잡은 것을 셋이서 나눠 갖기로 합의하고 같이 사냥을 하러 나갔습니다. 커다란 사슴을 잡은 후에 그들은 풍성한 식사를 하기로 했습니다. 사자는 당나귀에게 노획물을 나누라고 일렀고, 당나귀는 똑같이 삼등분한 후 사자와 여우에게 각각의 몫을 가져가라고 말했습니다. 그러자 사자는 크게 화를 내며 당나귀를 잡아 갈기갈기 찢어 버렸습니다. 그런 다음 여우에게 노획물을 나누라고 말했습니다. 여우는 자기 몫인 작은 부분만을 제외하고 모든 것을 한 더미로 모았습니다. 그러자 사자가 물었습니다.

"아, 친구. 누가 너에게 그렇게 동등하게 나누는 법을 가르쳐 주었니?"

여우가 대답했습니다.

"나는 당나귀의 죽음 외에 다른 교훈은 필요하지 않았어." __사냥을 나간 사자, 당나귀, 그리고 여우

힘 센 자는 폭력으로 가르칩니다. 그 의도를 알아챈 여우가 지혜롭습니다.

상대의 방심을 이용하라

무리로부터 벗어나 길을 헤매던 새끼 염소가 늑대의 추격을 받았습니다. 빠져나갈 희망이 없다는 것을 알게 되자 새끼 염소는 늑대에게 말했습니다.

"이제 내 삶이 얼마 남지 않았으니 마지막으로 즐기게 해 줘요. 그러니까 나를 위해 피리를 불어 주세요. 그러면 나는 춤을 출게요."

늑대가 피리를 불고 새끼 염소가 춤을 추는 동안 개들이 그 음악소리를 듣고 무슨 일이 벌어지고 있는지 보려고 달려왔습니다. 그들은 늑대를 보자마자 즉시 쫓아내기 시작했고, 늑대는 뒤도 돌아보지 않고 쏜살같이 도망을 쳤습니다.   __새끼 염소와 피리 부는 늑대

새끼 염소처럼 완전한 위기에 빠졌다고 해도 할 수 있는 것을 찾아야 합니다. 그러면 최후의 기지를 발휘해 위험에서 벗어날 수도 있는 것입니다. 끝까지 희망을 버리지 않는 것이 중요합니다.

113

제 꾀에 제가 넘어간다

당나귀를 가진 한 장사꾼이 있었습니다. 바닷가에서 값싼 소금이 팔린다는 소식을 들은 그는 소금을 사기 위해 당나귀를 몰고 그곳으로 갔습니다. 당나귀가 실을 수 있는 최대한의 소금을 싣고 장사꾼은 미끄러운 강둑을 따라 집으로 가고 있었습니다. 그 순간 당나귀가 실수로 강으로 떨어져 버렸습니다. 강물에 소금이 녹자 당나귀는 짐의 부담을 좀 덜게 되어 쉽게 둑으로 올라올 수 있었습니다. 그 후 그는 몸과 마음이 가뿐해진 채로 계속해서 길을 갔습니다.

시간이 조금 흘러 장사꾼은 소금을 좀 더 사기 위해 바닷가로 향했습니다. 그리고는 가능한 전보다 훨씬 더 많은 소금을 당나귀에게 실었습니다.

집으로 돌아오는 길에 그들은 전에 빠진 적이 있는 그 강을 지나게 되었습니다. 그때 당나귀는 이번엔 일부러 물속으로 빠졌습니다. 다시 소금이 녹았고, 당나귀는 그만큼 짐을 덜게 되었습니다.

소금을 잃은 장사꾼은 당나귀가 이런 속임수를 쓰는 것을 고쳐 줄 방법을 강구하게 되었습니다. 그리하여 해안으로 가는 다음 장삿길에서는 솜을 한짐 나귀 위에 실었습니다.

그들이 그 강에 이르자 당나귀는 전에 그랬던 것처럼 똑같은 꾀를 내어 물속으로 몸을 빠뜨렸습니다. 그러자 솜이 물을 잔뜩 머금어 짐이 가벼워 지기는커녕 두 배나 더 무거워졌습니다.   __소금 실은 당나귀

어리석은 당나귀가 제 발등을 찍었습니다. 짐을 가볍게 하려다가 두 배나 더 무거운 솜을 지고 가게 되었네요. 속임수는 한계가 있습니다. 꼬리가 길면 잡히는 것이니까요. 주변 사정이야 어떻게 되든 내 짐만 덜려 하다가는 나중에 는 몇 배나 무거운 짐을 혼자 지게 될 것입니다.

적 앞에서 방심하지 말라

사자가 고령에 접어들자, 약해져서 더 이상 먹이를 사냥할 수도 없었습니다. 그가 할 수 있는 일이라고는 굴에서 고통스럽게 숨을 쉬며 누워 있는 것뿐이었습니다. 그는 자신이 심각하게 아프다는 것을 알렸고, 그 소식은 곧 동물들 사이로 퍼져 나가 모두들 슬퍼했습니다. 동물들은 번갈아가며 병문안을 왔고, 안타깝게도 차례로 사자의 소굴에 설치된 덫에 걸려들었습니다. 그렇게 사자는 그들을 쉽게 먹이로 만들었고, 살도 통통하게 올랐습니다.

여우는 뭔가 심상치 않은 속임수가 있다고 의심스러워하며 사자의 건강상태를 알아보기로 했습니다. 여우는 멀리 떨어져서 그의 안부를 물었습니다.

사자가 대답했습니다.

"아, 나의 친애하는 친구, 자넨가? 왜 그렇게 멀리 떨어져서 서 있는 것인가? 이리 오게, 친구. 그리고 이 불쌍한 사자의 귀에 대고 위로의 말을 좀 해주게. 나는 살 날이 얼마 남지 않았다네."

여우가 말했습니다.

"당신에게 축복이 있기를. 하지만 내가 여기 있을 수 없다면 당신은 나를 마구 욕할 테지요. 진실을 말하자면, 여기 와서 본 발자국들이 남긴 표시들을 들여다보는 순간 마음이 상당히 불안해졌어요. 그 발자국들은 모두 당신 굴을 향해 들어갔지만, 그들이 다시 나온 발자국은 하나도 보이지 않았거든요." __병든 사자

 여우의 조심스런 접근이 다른 동물이 나온 발자국이 없음을 알게 한 것입니다. 그렇습니다. 상대가 위협적인 인물일 때는 그가 어떤 상태에 있든 방심하지 말고 주의를 기울여야 합니다. 잠시 틈을 보이면 곧 반격이 올 것입니다.

완벽한 목초지는 없다

늘대는 염소가 풀을 뜯고 있는 것을 보았습니다. 하지만 자신이 갈 수 없는 높은 절벽의 꼭대기에 있었습니다. 늑대는 염소의 안전을 걱정하는 척하며 내려올 것을 권했습니다.

"그렇게 아찔한 높이에서 발을 헛디딜 수도 있어. 게다가 풀은 여기 아래가 훨씬 더 달콤하고 풍성해."

그러자 염소가 말했습니다.

"미안하지만 나는 당신의 말을 따를 수 없어요. 그리고 언덕 너머 저편에 있는 풀이 언제나 더 푸른 것은 아니에요. 특히 당신이 그곳에서 나를 잡아먹으려 할 때는요." __늑대와 염소

늑대가 염소를 잡아먹으려고 달콤한 말로 속삭이지만 염소가 속지를 않네요. 편안한 자리로 내려오라는 속삭임에 속으면 안됩니다. 아무 대가 없이 편안하고 풍성한 곳은 더 큰 위험이 있는 곳입니다.

약할수록 지혜롭게 처신하라

사자는 양을 불러 그의 입에서 냄새가 나는지를 물었습니다. 양은 그렇다고 말했고 사자는 그 양이 바보라면서 그의 머리를 갈기갈기 찢어버렸습니다. 사자는 늑대를 불러 똑같이 물었습니다. 늑대는 안 난다고 말했습니다. 그러자 늑대는 아첨꾼이라며 늑대를 갈기갈기 찢어버렸습니다. 마지막으로 그는 여우를 불러 똑같은 질문을 했습니다. 그러자 여우는 사자에게 몇 번이고 사과의 말을 늘어놓더니 다음과 같이 말했습니다. "저는 그만 감기에 걸려 냄새를 맡을 수 없습니다." __사자와 세 조언자들

사자는 이리 대답해도 죽이고 반대로 대답해도 죽입니다. 사자의 의도를 간파한 여우는 감기가 걸려서 냄새를 못 맡는다는 기지를 발휘합니다. 모든 것에 예, 아니요로 답해야 하는 것은 아닙니다.

아첨자는 눈을 멀게 한다

까마귀가 창턱에서 치즈 한 조각을 낚아챘습니다. 그리고 높은 가지 위에 자리를 잡고 앉아, 막 자신이 노획해 온 물건을 즐기려던 참이었는데 여우가 맛있는 치즈의 냄새를 맡았습니다. 여우는 그것을 차지하기 위해 방법을 강구했습니다.

"오, 까마귀야! 네 날개는 정말로 아름답구나. 너의 목은 또 얼마나 우아하다고. 참으로 너는 독수리의 가슴을 가졌구나. 너의 발톱은 들판의 모든 짐승들과도 맞설 수 있는 것이지. 오오, 너의 목소리만 너의 아름다움과 견줄 수 있다면 너는 정말 새 중의 여왕이라고 불릴 만해."

여우의 아첨에 기분이 좋아진 까마귀는 자신이 까악까악 소리를 낼 때 여우가 얼마나 놀랄까 하는 상상을 하며 입을 벌렸고, 그 바람에 치즈가 떨어졌습니다. 여우는 냉큼 달려들어 그것을 삼켜 버렸습니다. 그런 다음 까마귀에게 큰 소리로 외쳤습니다.

"까마귀야, 네가 목소리는 확실히 갖고 있는 것 같은데, 과연 두뇌가 있는지 없는지 그것이 궁금하구나!" __여우와 까마귀

칭찬을 싫어하는 사람이 있을까요. 그러나 조심해야 합니다. 칭찬과 아첨은 구분할 줄 알아야 합니다. 아첨은 터무니없는 것입니다. 아첨에는 뼈가 숨겨져 있습니다. 아첨하는 자를 가까이 하면 눈이 멀게 되고, 결국은 해를 당하게 됩니다.

일할 수 있을 때 일하라

얼어붙을 듯 추운 어느 날, 개미들은 여름 내내 저장한 곡식 중 일부를 밖으로 끌어내 말리기 시작했습니다. 굶주림으로 거의 죽을 지경인 한 베짱이가 오더니 개미에게 목숨을 유지할 만큼의 약간의 음식을 부탁했습니다. 그런 베짱이에게 개미가 말했습니다.

"너는 지난여름에 무엇을 했니?"

베짱이가 대답해습니다.

"아, 나 역시 밤낮으로 종일 노래하느라고 계속 바빴어."

그러자 개미들은 웃으며 곡식 창고의 문을 닫았습니다.

"글쎄, 그렇다면 여름 내내 노래하느라고 계속 바빴으니까, 겨울에는 내내 춤추면서 바쁘게 지내면 되겠네." __개미와 베짱이

일은 인생을 살아가는 기본과 같습니다. 일을 하지 않으면 인생은 윤택해질 수 없고, 궁핍한 생활을 벗어날 수 없습니다. 인생이 행복해지려면 일하는 기쁨이 있어야 합니다.

동기를 부여하라

임종을 맞은 한 농부는 그의 아들들이 서로 싸우지 않고 농장을 성공적으로 이끌어 가길 바랐습니다. 그래서 그는 아들들을 한 데 불러 놓고 말했습니다.

"얘들아, 나는 이제 이 세상을 하직할 것 같구나. 포도밭에 너희들을 위해 남겨 둔 것이 있으니 모두 찾아보아라."

얼마 간의 시간이 흐르고 그 농부가 죽은 뒤, 아들들은 아버지가 땅에 보물을 묻어 놓았다고 생각하며 삽과 쟁기로 땅을 파기 시작했습니다. 그러나 넓은 밭을 파내며 일구었지만 보물은 찾지 못했습니다.

그런데 아들들이 땅을 파면서 힘들여 경작한 덕분에 토질이 좋아져 이전에 생산하던 것보다 더 훌륭한 포도를 수확할 수 있었고, 결국 그 젊은 농부들에게 힘들인 만큼 많은 보상을 안겨 주었습니다. __농부와 그의 아들들

아버지가 남긴 보물은 바로 부지런히 일하는 자세와 일할 수 있는 밭입니다.

내일을 장담하지 말라

들판에서 멋대로 뛰어놀며 자라 고삐를 매어 본 적이 없는 한 어린 암소가 힘든 노동에 시달리며 쟁기를 끄는 수소를 조롱했습니다. 그래도 수소는 아무 말도 하지 않고 그의 일을 계속했습니다. 이런 일이 있은 지 얼마 되지 않아서 커다란 축제가 있었습니다. 수소는 휴일을 허락받았지만, 어린 암소는 제단의 희생 제물로 끌려갔습니다. 수소가 말했습니다.

"이것이 네 게으름에 대한 대가라면. 난 내 일이 너의 놀이보다 더 할 만한 가치가 있다고 생각해. 나는 내 목에 닿는 것으로 칼보다는 차라리 고삐를 선택하겠어." __어린 암소와 수소

몇 시간 후의 일도 모르면서 오늘 처한 상황이 전부인 것처럼 생각해서는 안됩니다. 당장 편안하게 해주겠다고 해서 자리를 옮겼다가 오히려 큰 낭패를 볼 수도 있습니다. 좀더 멀리 보는 여유가 필요합니다.

현장을 보고 판단하라

꿀벌 몇이서 속이 텅 빈 나무에 집을 지었습니다. 그런데 수벌들이 외쳤습니다.

"우리가 모든 일을 했기 때문에 집은 꿀벌들이 아닌 우리들 것이야."

그래서 그들은 재판관인 말벌 앞에 소송을 제기했습니다. 말벌은 두 무리에 관해 조금 알고 있었기 때문에 다음과 같이 제안을 했습니다.

"너희들은 생김새가 하도 비슷해서 그것만으로는 결정을 내리기 힘들어. 보다 신중하게 판결을 하고 싶은데, 일단 이 벌통을 가져가서 벌집을 가득 채워오도록 해. 벌집의 맛과 모양으로 누가 주인인지 가려낼 수 있을 거야."

꿀벌들은 기꺼이 말벌의 계획에 동의 했지만 수벌들은 거절했습니다. 따라서 말벌은 선포했습니다.

"누가 이 벌집을 만들었는지 확실해졌어. 그러니 꿀벌들에게 노동의 수고와 그 결실을 돌려주겠어." __꿀벌과 수벌과 말벌

솔로몬 같은 말벌 재판관이네요. 일하지 않고 먹으려 하다간 얻어먹을 수 있는 기회마저 빼앗기고 맙니다.

게으름에는 약이 없다

작은 개를 기르는 대장장이가 있었습니다. 그가 쇠에다 망치질을 하고 있는 동안 개는 잠을 잤습니다. 하지만 저녁을 먹기 위해 자리에 앉을 때면 언제나 그 개는 잠에서 깨어났습니다. 대장장이는 개에게 뼈다귀를 집어 던지며 소리 질렀습니다.

"이 게으름뱅이야! 온통 쇠 두들기는 소리에도 잠을 자더니만 밥 먹으려고 이빨 한 번 부딪치는 소리에는 일어나는구나." __대장장이와 개

참 우스운 이야기지만 우리 주변엔 이런 이들이 있습니다. 평소에 아무 일도 안 하다가 이권에만 눈을 번득이는 사람들입니다. 그런 사람에게 복이 돌아갈 리 없습니다. 이리저리 얻어먹을 수는 있겠지만 아무 일도 못할 것입니다. 누구에게도 신뢰를 받을 수는 없기 때문입니다.

재물도 알아야 다룬다

───── ✦ ─────

장인의 재산을 상속받은 젊은 사위가 포도원을 둘러싼 모든 울타리를 치우게 했습니다. 그 포도나무들은 포도를 하나도 맺지 않았기 때문입니다.

그 울타리를 부숴 버림으로써 그는 사람과 짐승에게 똑같이 땅을 개방한 것이 되었고, 모든 포도나무들은 곧 망가져 버렸습니다. 그리하여 나무딸기에서 포도를 얻을 수 없다는 것과, 포도밭을 소유하는 것뿐만 아니라 그것을 지키는 것도 중요하다는 것을 너무나 늦게 배우게 되었습니다.
_울타리와 포도원

🌿 이 어리석은 상속자는 상속받은 나무가 포도나무인지 딸기 나무인지도 구분하지 못하는 사람이었습니다. 무조건 수익을 얻으려 하지 말고 가진 것의 속성부터 알아야 합니다. 내가 가진 것이 무엇인지 알아야 활용도 제대로 할 수 있는 것입니다.

자기 일을 남에게 미루지 마라

━━━◦⟨∽∾⟩◦━━━

이제 막 여문 옥수수 밭에 어린 종달새들의 둥지가 있었습니다. 어미 종달새는 날마다 수확하는 사람들 때문에 경계를 서고 있었습니다. 어미가 새끼 종달새에게 말했습니다.

"내가 먹이를 찾으러 갈 때마다 너희들이 듣는 모든 소식을 나에게 보고해야 한다."

어느 날 어미 종달새가 먹이를 잡으러 간 동안 주인이 와서 옥수수의 상태를 자세히 점검했습니다. 그가 말했습니다.

"이웃들을 불러서 함께 옥수수를 거둬들이기에 좋은 시기인걸."

어미 종달새가 집으로 돌아오자 새끼 종달새들은 그들이 들은 것을 이야기하며 엄마에게 그 밭에서 당장 이사를 가자고 졸랐습니다. 어미 종달새가 말했습니다.

"아직은 시간이 남아 있어. 그가 이웃을 불러서 추수를 하려고 한다면 아직도 한참을 기다려야 할 거야."

다음 날 주인이 다시 왔습니다. 햇볕은 훨씬 더 따갑고 옥수수는 더 익었지만 아무것도 한 일이 없음을 깨닫고는 말했습니다.

"더 이상 낭비할 시간이 없어. 이웃에 의존하지 말고 친척들을 모두 불러야겠다."

그리고는 아들을 돌아보며 말했습니다.

"가서 아저씨와 사촌들에게 연락해서 내일 일을 할 수 있는지 알아봐라."

그러자 전보다 훨씬 더 겁에 질린 새끼 종달새들은 어미에게 그 농부의 말을 그대로 전했습니다.

"그 말이 전부라면 겁먹을 것 없다. 친척들도 자기 밭의 추수를 끝내야 하기 때문이야. 하지만 다음번엔 확실히 주의를 기울여 듣고 그 농부가 뭐라고 말했는지 내게 알려주어야 한다."

그다음 날도 어미 종달새는 먹이를 찾아 밖으로 나갔고 밭 주인이 다시 왔습니다. 옥수수가 너무 익어 땅에 떨어지고 있자, 주인은 아들을 불렀습니다.

"더 이상 이웃과 친척들을 기다릴 수 없겠다. 오늘 밤 가서 일꾼들을 고용하고 내일은 우리가 직접 일을 시작해야겠다."

새끼 종달새들이 들은 것을 어미에게 얘기했습니다. 그러자 어미가 말했습니다.

"음, 그렇다면 이사를 가야겠구나. 인간이 자기 일을 남에게 하도록 미루지 않고 자신이 직접 하려고 마음먹었을 땐, 확실히 그가 말한 대로 행할 거야." _종달새와 새끼들

 현명한 종달새입니다. 남을 시켜서 하는 일일수록 준비가 길어지고 시작이 더뎌집니다. 남들이 내 일을 자기 일처럼 해주기는 어렵기 때문입니다. 하고자 하는 일이 있다면 자기 스스로 알아서 움직이는 것이 제일 빠릅니다.

모두 좋으려다 아무 일도 못한다

어부가 고기를 잡으러 강으로 갔습니다. 그물을 내려 긴 줄을 돌에 묶고 물고기를 그물 안으로 몰기 위해 그물의 양 옆에서 물을 휘저었습니다. 그런데 근처에 살고 있던 이웃이 그의 행동을 보고는 당황해서 그 어부에게 가까이 다가가 나무랐습니다.

"그렇게 물을 온통 휘저어 흙탕물로 만들어 놓으면 어떻게 물을 마실 수 있나?"

어부가 대답했습니다.

"미안하네. 그러나 나로서는 물을 휘저어 고기를 잡아야만 먹고 살 수 있다네." __어부와 흙탕물이 된 강

모든 사람을 동시에 만족시킬 수 있게 일을 하기는 어렵습니다. 누군가는 기다려야 하고 양보하는 사람도 있어야 세상이 돌아갑니다.

노는 사람 불평이 더 크다

몇 마리의 황소가 울퉁불퉁한 길을 따라 마차를 끌고 있을 때, 바퀴들이 삐걱거리면서 심한 소음을 내기 시작했습니다. 그럴 때마다 마부는 마차에 대고 소리쳤습니다.

"이 나쁜 놈, 온갖 일을 다 하는 녀석들도 조용한데 왜 네가 낑낑거리는 거냐?" __삐걱거리는 바퀴

빈 수레가 요란하다는 말이 있습니다. 힘들게 일하는 사람보다 그 옆사람의 불평이 더 큰 경우가 있습니다. 이런 때에 제대로 일하는 사람의 가치가 더욱 빛나고 불평하는 이는 스스로를 깎아내릴 뿐입니다.

파랑새는 집안에 있다

한 천문학자가 매일 밤 별을 관찰하기 위해 밖에 나와 걸어 다니곤 했습니다. 한번은 그가 도시 변두리에서 별을 바라보며 걷다가 그만 우물에 빠져 버렸습니다. 그가 도움을 청하며 소리 지르자 누군가 우물까지 달려왔습니다. 그는 그 천문학자의 자초지종을 듣더니 말했습니다.

"선생님, 당신은 하늘의 신비로움은 꼬치꼬치 파고들면서 당신 발밑에 있는 사소한 것들은 못 보고 넘어가는군요." __천문학자

너무 큰 문제에만 집중하다 보면 정말 중요하고 소중한 것을 놓칠 수 있습니다. 사소한 것 속에 중요한 것이 있습니다. 먼 곳만 쳐다보느라 가까이에 있는 소중한 것들을 놓치고 있지는 않은지 돌아볼 일입니다.

한 번 거짓말에 모든 신용을 잃는다

마을에서 멀지 않은 곳에서 양 떼를 돌보던 양치기 소년은 이따금씩 "늑대다! 늑대다!" 하고 소리 지르면서 장난을 치곤 했습니다. 그때마다 온 마을 사람들이 그를 구해주기 위해 달려왔습니다. 소년은 그런 마을 사람들을 조롱했습니다.

그러던 어느 날 늑대가 실제로 나타났습니다. 다급해진 소년은 진심으로 소리쳤습니다.

"늑대다! 늑대다!"

하지만 이웃 사람들은 더 이상 속지 않으려고 그의 외침에 아무런 주의도 기울이지 않았습니다. 결국 양들은 늑대의 손아귀에 들어가게 되었습니다. __양치기 소년과 늑대

🌱 거짓말을 반복하면 진실도 거짓말이 됩니다. 남을 속이고 속은 사람들을 오히려 조롱하면 결국 외톨이가 되고 말 것입니다.

거짓말로 친구를 만들 수 없다

항해 중에 선원들을 즐겁게 해주기 위해 말타 견이나 원숭이를 데리고 다니는 것은 선원들 사이에선 오래된 관습이었습니다. 그래서 한 선원은 원숭이를 친구로 데리고 갔습니다.

배가 아티카 지방의 유명한 반도인 수니움 해변을 벗어나자 폭풍을 만나게 되었습니다. 배가 완전히 전복되었기 때문에 갑판 위의 모든 사람들은 물에 뛰어들어 죽을 힘을 다해 육지로 헤엄쳐 가야만 했습니다.

이때 돌고래 한 마리가 몸부림치고 있는 원숭이를 보았습니다. 돌고래는 그것을 도와달라고 말한 사람으로 생각했습니다. 그래서 도우러 갔고 등에 태워 해안까지 곧장 데리고 갔습니다. 그들이 아테네의 항구 도시인 피레우스의 정반대 쪽에 닿았을 때 돌고래는 원숭이에게 아테네인이냐고 물었습니다. 원숭이가 대답했습니다.

"응, 물론 난 그 지역에서 최고 가문 출신이라고."

그러자 돌고래가 말했습니다.

"그럼 당연히 피레우스를 알겠구나."

원숭이가 대꾸했습니다. 원숭이는 그것이 어떤 유명한 시민의 이름이라고 생각했습니다.

"어, 그럼. 그는 나의 절친한 친구들 중 하나야."

그러자 원숭이의 거짓말에 격분한 돌고래는 물밑으로 잠수해 들어갔고 원숭이의 미래는 운명에 맡길 수밖에 없었습니다.   __원숭이와 돌고래

사람 이름과 도시 이름도 구분하지 못하면서 거짓말을 하고 허세를 부린 원숭이가 다시 막막한 지경에 이르렀습니다. 잘 알지 못하는 문제에 대해 아는 척 허세를 부리는 경우가 있지 않습니까. 모르는 것은 모른다고 하는 것이 오히려 당당해 보이고 탈도 없습니다.

말보다 말하는 사람을 보라

새 사냥꾼이 풀밭에 덫을 놓고 있을 때 멀리서 지켜보던 종달새가 그에게 무엇을 하느냐고 물었습니다. 사냥꾼이 대꾸했습니다.

"마을을 건설하고 있는 중이야. 그래서 나의 첫 번째 도시의 주춧돌을 놓고 있었지."

그는 일을 다 마친 후 가까운 곳으로 물러나 몸을 숨겼습니다. 종달새는 그 사람이 말한 것을 그대로 믿었습니다. 덫이 있는 장소에 내려앉아 미끼를 씹은 뒤에야 자신이 올가미에 걸렸다는 것을 알았습니다.

종달새가 탄식하며 말했습니다.

"정말 훌륭한 친구군요! 이런 종류의 도시가 당신이 세우고자 하는 도시라면, 당신 도시에 정착할 이민자들은 많지 않겠군요." _새 사냥꾼과 종달새

말의 내용만 보지 말고 누가 말하는지를 먼저 살펴야 속지 않습니다.

변명은 자신을
더욱 초라하게 만든다

여우가 덫에 걸렸습니다. 살아나갈 유일한 방법은 꼬리만 남겨 두고 가는 것이었습니다. 그러나 꼬리가 없으면 다른 여우들에게 놀림감이 된다는 것을 알았기 때문에 걱정이 되었습니다. 결국 꼬리를 버리고 나온 여우는 나쁜 상황을 최대한으로 활용하기로 결심하고 회의를 소집했습니다.

"지금 내가 얼마나 편안하고 안락한지 너희는 모를 거야. 그것을 직접 시도해 보지 않았다면 나도 절대로 몰랐을 거야. 정말로 생각해 보면 꼬리는 너무나 추하고 불편하고 불필요한 부속물이야. 그래서 우리 여우가 그렇게 오랫동안 그것을 견뎌 왔다는 것이 정말 신기해."

여우는 계속해서 말했습니다.

"나의 친애하는 형제들아, 나는 이렇게 제안하려고 해. 나의 멋진 경험을 통해서 이득을 얻으라는 것과 이제부터는 모든 여우들이 자기 꼬리를 잘라내자는 것이야."

얘기를 끝낸 그가 자리에 앉자, 한 익살맞은 친구가 일어서더니 자기의 긴 꼬리를 우아한 자태로 흔들며 말했습니다.

"친구, 만약 내가 너처럼 꼬리를 잃어버리게 된다면, 너의 제안은 매우 믿을 만한 것이 될 거야. 하지만 나는 내가 직접 그런 사고를 당하게 될 때까지는, 언제나 우리 꼬리를 지녀야 한다는 쪽에 한 표를 행사하겠어."
__꼬리 없는 여우

아무리 포장을 해도 비정상이 정상이 될 수는 없습니다. 내가 불행해졌다고 다른 사람들까지 불행에 끌어들이려 해서는 안됩니다. 어려움은 자신만의 방법으로 헤쳐 나갈 길을 찾아야 합니다. 그러면 오히려 주변의 눈길도 달라질 것입니다.

그럴듯한 것과 진실은 다르다

프로메테우스는 우리에게 새로운 양식을 가져다 준 진정 재능 있는 도공입니다. 어느 날 그는 혼신을 기울여 인간의 품행을 바로잡아줄 '진실의 인물상'을 만들기로 했습니다. 흙 반죽을 주무르며 인물상을 빚고 있던 중 갑자기 제우스 신이 부르자, 프로메테우스는 제자 '속임수'에게 작업실을 맡기고 올림푸스 신전으로 갔습니다. 그러자 야심에 찬 속임수는 교활한 손가락으로 진실과 똑같은 형태의 인물상을 만들었습니다. 그가 이 뛰어난 작품을 거의 완성해가고 있을 때 인물상의 발을 만들 진흙이 모자랐습니다. 그러는 중에 스승이 돌아오자 속임수는 공포에 떨며 의자에 앉았습니다. 프로메테우스는 두 인물상의 모습이 쏙 빼닮은 것에 놀라워하며, 모르는 척 두 인물상을 가마에 넣고 구워 둘에게 생명을 가득 불어넣었습니다. 하지만 진실의 인물상은 제대로 걸음을 떼는 데 비해 미완의 쌍둥이 자매는 자리에 붙박여 있을 수밖에 없었고, 결국 제자의 모조품은 거짓이라는 이름을 얻게 되었습니다. 그래서 사람들은 거짓은 발이 없다고들 말하는 것입니다. __프로메테우스와 진실

거짓은 발이 없다는 말이 공감이 가네요. 여기서는 거짓이 움직이지 못하게 되었다고 하지만, 사실은 발이 없어서 마음대로 날아다니기도 합니다. 겉모습의 그럴듯함에 속지 말고 뿌리가 되는 근거를 찾아야만 진실을 발견할 수 있습니다.

모든 것이 논리로 해결되진 않는다

흐르는 시냇물의 위쪽에서 물을 핥아먹던 늑대는 약간 떨어져서 개울 아래쪽에 있는, 길 잃은 양 한 마리를 발견했습니다. 늑대는 일단 양을 공격하기로 마음먹고 양을 자기의 먹이로 만들기 위한 그럴듯한 핑계를 생각하기 시작했습니다. 여우는 양에게 달려가며 소리쳤습니다.

"이 악당아! 어떻게 감히 내가 마시고 있는 물을 흙탕물로 만드는 것이냐?"

그러자 양은 기운이 하나도 없이 대답했습니다.

"제발 용서해 주세요. 하지만 어떻게 제가 물을 흐릴 수 있었는지 잘 모르겠어요. 물은 당신 쪽에서 내 쪽으로 흐르지, 내 쪽에서 당신 쪽으로 흐르지 않잖아요."

그러자 늑대가 되받아쳤습니다.

"그것은 그렇다 치자. 하지만 일 년 전에 너는 내 뒤에서 나를 마구 헐뜯고 험담했지."

양이 말했습니다.

"오, 아저씨. 일 년 전에 저는 태어나지도 않았는데요."

그럴수록 늑대는 마구 우겼습니다.

"그래. 그게 네가 아니라면, 네 엄마였을 거고 나한테는 모조리 똑같아. 어쨌든 내 저녁 식사가 되지 않으려고 아무리 논리적으로 따져 봤자 소용없다."

늑대는 다른 말은 할 필요도 없이 그 불쌍하고 의지할 데 없는 양을 덮쳐 갈기갈기 찢어 버렸습니다.   _늑대와 양

🌾 이미 양을 잡아먹기로 마음을 먹었는데 늑대에게 진실이 통할 리 없습니다. 양을 잡아먹기 위해 이런저런 명분을 들이대지만 다 거짓말이지요. 힘 센 자가 약한 자를 잡기 위해 하는 모함은 당해낼 수가 없습니다. 하지만 힘 센 자도 영원한 승자가 될 순 없지요.

악의 편에 서지 말라

어느 날 들개가 죄 없는 양을 고소해 법정이 열렸습니다. 들개는 늑대를 증인으로 내세웠고, 빌려간 빵 한 조각을 조속히 갚아줄 것을 요구했습니다. 한편 들개의 사주를 받은 늑대는 양이 빵 한 조각만 빌려간 것이 아니라 열 조각을 빌려갔다고 거짓 증언했습니다. 늑대의 뻔뻔스런 위증과 독수리 판사의 분별 없는 판결로 결국 양은 빵 열 조각을 갚아야 하는 처지가 되었습니다. 그런 얼마 후 양은 늑대가 싸늘한 주검이 되어 구덩이 속에 숨져 있는 것을 발견했습니다. 양은 거짓말쟁이에게 내리는 하늘의 징벌이라고 생각했습니다. __양과 들개와 늑대

위증은 무거운 죄입니다. 더구나 자기가 이득을 얻으려고 약한 자를 모함하는 위증은 비열하기까지 합니다. 죄를 지으면 그 죄는 시간이 지나도 사라지지 않고 어떤 식으로든 벌을 받게 되어 있습니다.

과장 없는 장사꾼은 없다

───── ◈ ─────

제우스 신이 헤르메스 신을 불러 세상의 모든 장인들에게 거짓말을 할 수 있는 능력을 조금씩 나누어 주라고 명령했습니다. 그러자 헤르메스는 절구에 곱게 찧어 거짓말의 가루약을 만들고는, 그것을 똑같이 나누어 세상의 모든 장인들에게 나눠 주었습니다. 그 마지막 차례가 구두공이었는데, 헤르메스 신은 자신에게 남아 있는 가루약을 모두 털어 그의 머리에 부어 주었습니다. 그래서 모든 장인들은 하나같이 거짓말쟁이가 되었지만 구두공은 그중 가장 심했습니다. __헤르메스 신과 구두공

🌿 장인들은 자신이 만든 물건들을 다 훌륭하다고 말합니다. 그러다 보니 과장과 허풍이 생깁니다. 옛날에는 구두공의 허풍이 가장 심했나 봅니다.

못난 자가 조상 자랑한다

어느 날 여우와 원숭이가 길을 떠났습니다. 길을 가는 동안 둘은 주거니 받거니 자기 집안 자랑을 하다가 어느 묘지 앞을 지나게 되었습니다. 그런데 갑자기 원숭이가 묘지 앞에 멈춰 서서 눈물을 흘리기 시작했습니다. 놀란 여우가 무슨 일이냐고 묻자 원숭이는 이렇게 말했습니다.

"여기 있는 묘비들은 모두 내 조상님을 기리기 위해 세워졌단다. 조상님들 덕분으로 우리는 노예의 신분에서 벗어나 자유롭게 될 수 있었거든."

그러자 여우가 어이없어 하며 이렇게 대꾸했습니다.

"거짓말을 할 수 있는 좋은 기회겠지. 누구도 묘지 밖으로 나와서 네 말을 반박하지 못할 테니까!" __여우와 원숭이의 조상

우리도 가끔 집안 자랑을 하는 사람을 볼 때가 있습니다. 죽은 사람은 말이 없으니 맘대로 거짓말을 해도 된다고 생각할 수 있지만, 과거 자랑은 초라한 현실을 드러낼 뿐입니다.

사자보다 사자모형을 두려워한다

욕심 많은 부자가 길을 가다가 황금사자상을 발견했습니다. 그러나 사자상의 모습이 두려워 선뜻 다가가지 못하고 고민에 빠졌습니다.

"어떻게 하면 되지? 아니 뭘 망설이는 거야? 그냥 차지하면 되는 거라고. 그런데 황금은 욕심이 나지만 저 사자가 두렵단 말이야. 집으로 옮겨갈 수만 있다면 더 큰 부자가 될 수 있을 텐데. 아니 뭘 그렇게 겁을 내? 그냥 황금일 뿐이라고. 어이쿠! 결단을 못 내리겠어. 행운의 신이시여! 어찌하여 가질 수도 없는 것을 주시는 겁니까? 주시려거든 당나귀상을 만들어 주실 일이지. 이게 뭐람, 보물이 있어도 무슨 소용이 있담. 어떻게 할까? 그래, 그렇군. 그렇게 하면 되겠어! 하인들에게 저 황금사자를 집어오라고 하고 나는 멀찌감치 서서 그것을 지켜보는 거야." ＿겁쟁이와 황금사자

단지 황금으로 사자를 만들어 놓은 것인데, 모양 때문에 겁을 먹네요. 모형에 겁을 먹고 두려워한다면 아무리 좋은 기회가 와도 잡지 못할 것입니다.

영원히 그 자리에 머물 순 없다

높은 바위 위 안전한 곳에 서 있던 아이는 바위 밑으로 지나가는 늑대를 보자 비웃으며 욕설을 퍼붓기 시작했습니다. 늑대는 걸음을 멈추고 단지 이렇게 말했습니다.

"겁쟁이! 네가 나를 화나게 할 수 있다고 생각하지 마. 나를 비웃는 건 네가 아니라, 네가 서 있는 그 자리일 뿐이야!" __아이와 늑대

자리 때문에 권력이 생겼다면 자만해서는 안됩니다. 그 자리에서 물러나는 순간 껍데기만 남게 되기 때문입니다. 자리와 자신을 동일시하는 사람은 정말 어리석은 사람입니다.

큰 사슴뿔이
짧은 개의 이빨을 이길 순 없다

어느 날, 새끼사슴이 엄마사슴에게 말했습니다.

"엄마는 개보다 훨씬 크고 빨라요. 또 자기를 보호할 수 있는 보다 큰 인내심과 뿔도 가지고 있어요. 그런데 엄마, 왜 그 개들을 그렇게 무서워하시는 거예요?"

엄마사슴이 웃으며 말했습니다.

"엄마도 그것을 너무나 잘 알고 있단다. 아가야, 하지만 엄마는 개가 짖는 소리를 듣기만 하면 거의 기절할 것 같기 때문에, 달릴 수 있는 한 최대로 빨리 도망가는 것이란다." __새끼사슴과 엄마사슴

어느 한 가지가 강하다고 모든 것에 강자가 될 순 없습니다. 오히려 약한 한 부분 때문에 위계질서가 생기기도 하는 것입니다. 사슴이 아무리 큰 뿔을 가졌어도 개의 튼튼한 이빨을 당할 순 없습니다.

활 쏜 사람보다 활을 더 무서워한다

활과 화살 다루는 솜씨가 뛰어난 궁사가 있었습니다. 그는 사냥감을 찾아 온 산을 돌아다녔는데, 그가 수풀이 우거진 곳에 들어서자 숲속의 모든 짐승들이 놀라서 도망을 쳤습니다. 오직 사자만이 싸우겠다고 그에게 도전했습니다. 궁사는 즉시 화살을 쏘며 소리쳤습니다.

"나의 전령이 너에게 뭔가 할 말이 있다!"

사자는 옆구리에 부상을 입고 고통스러워하며 덤불 속 깊숙이 도망쳐 버렸습니다. 도망치는 것을 본 여우가 돌아서서 적과 맞서 싸우라며 사자에게 용기를 북돋아 주었습니다. 그러자 사자가 말했습니다.

"안 돼. 어떤 방법을 써도 나를 다시 싸우게 할 수는 없을 거야. 잘 생각해 봐. 단지 전령만으로도 나에게 이런 상처를 남겼는데 하물며 그 전령을 보낸 사람의 공격을 내가 어떻게 견뎌내겠어?" __궁사와 사자

사자는 화살이 이렇게 강한데 화살을 보낸 궁사는 얼마나 더 강할까 지레 짐작하고 전의를 상실합니다. 어리석게도 화살이 없는 궁사가 얼마나 나약한지 알지 못하고 싸움을 포기한 것입니다. 우리도 그럴 때가 많지 않습니까.

발자국만 쫓지 말고 사자를 잡아라

·~~·

사자를 잡기 위해 숲으로 간 사냥꾼이 나무꾼을 만났습니다. 사냥꾼은 사자의 발자국을 보지 못했는지, 사자의 은신처가 어디에 있는지 아느냐며 나무꾼에게 물었습니다. 나무꾼이 말했습니다.

"당신이 나와 함께 간다면 사자를 직접 보여줄게요."

이 말에 사냥꾼은 백지장같이 하얘지며 이를 덜덜 떨기 시작했습니다. 사냥꾼이 말했습니다.

"아니, 괜찮아요. 내가 찾고 있는 것은 사자의 발자국이지 사자는 아니에요." __사냥꾼과 나무꾼

용기 없는 사냥꾼이네요. 사자를 잡겠다는 건 포부일 뿐 실제론 아무런 준비도 되어 있지 않은 것입니다. 사자를 두려워하면서 어떻게 사자를 사냥할 수 있겠습니까. 이런 사람들은 실제로 무언가를 행동할 생각은 없고 늘 그림자만 쫓을 뿐입니다.

쓴 충고일수록 달게 들어라

어떤 농부가 밭이랑에 아마 씨를 뿌리고 있었습니다. 여느 새들은 아무런 신경을 쓰지 않았지만 영리한 제비는 그것이 무얼 뜻하는지 알았습니다. 제비가 서둘러 새들을 불러 모아 위급한 상황임을 알렸지만, 새들은 그런 제비를 그저 비웃기만 할 뿐이었습니다. 곧 아마 씨가 싹을 틔우자, 제비는 새들에게 다시 한번 경고했습니다.

"정말 위험해! 모두 함께 가서 저 싹을 뽑아내자고. 저게 다 자라게 되면 농부는 그 껍질로 그물을 엮어서 우리 모두가 빠져나가지 못할 함정을 만들 거야."

하지만 새들은 제비의 계속된 충고를 무시했습니다. 하는 수 없이 제비는 혼자 헛간 지붕 처마 아래로 장소를 옮겨 그곳에 둥지를 틀었습니다. 한편 제비의 충고를 무시한 다른 새들은 이마에서 뽑은 삼실로 엮은 농부의 그물에 걸려들고 말았습니다. __제비의 충고

충고를 좋아하는 사람은 별로 없습니다. 다 자기가 알아서 할 테니 상관 말라고 할 때가 많지요. 그러나 충고는 새겨들으면 유익할 때가 많습니다. 내가 보지 못하는 것을 다른 사람들은 볼 수 있기 때문입니다. 다른 사람의 충고에 귀기울일 줄 아는 사람은 위험에서 자신을 보호할 수 있습니다.

빈곤한 사람이 과거를 자랑한다

나비 한 마리가 날아가는 말벌을 보고 감탄하며 이렇게 말했습니다.

"참으로 불공평한 운명의 반전이로군. 전생에 나는 뛰어난 웅변가였고, 전시에는 패배를 모르는 용감함 장군이었고, 모든 기술에서 으뜸이었는데, 지금 나를 봐. 이리저리 파닥거리다가 죽게 되면 겨우 먼지 한줌에 불과하잖아. 그런데 말야, 전생에 무거운 짐이나 지고 노예처럼 낑낑거리는 노새였던 너는 침으로 아무나 찔러 상처를 입힐 수 있는 대단한 능력을 갖게 되다니……."

그러자 말벌은 나비의 기억에 남을 만한 충고를 전하고 떠났습니다.

"우리가 전에 누구였는지는 중요하지 않아. 중요한 것은 지금 우리가 누구인가야." __말벌과 나비

지난날에 황제였든 부자였든 그것은 이미 지나간 일입니다. 현재의 내가 중요한 것입니다. 과거를 그리워하지 말고 지금의 나에 충실하십시오.

뜨겁다고 해를 묶어 둘 순 없다

옛날 옛날에 소들이 회의를 열어 도살자를 없애기로 결의했습니다. 그래서 그들은 전투에 대비해서 뿔을 갈았습니다. 그때였습니다. 오랫동안 농사짓는 일만 한 아주 나이 많은 소가 나서서 다른 소들에게 다음과 같이 연설을 했습니다.

"모두들 조심하게. 그리고 여러분이 무슨 일을 하는가를 확실히 알도록 하게. 적어도 이 도살자들은 예의 바르고 능숙하게 우리를 죽이지만 우리가 만약 도살자 대신 서투르게 일하는 사람들 손에 들어간다면 두 번 죽는 고통을 겪게 될 거야. 진실로 하는 얘긴데, 인간은 도살자 없이 살 수 있지만 소고기 없이는 살 수 없다는 것을 확실히 염두에 두어야 하네."
__소와 도살자

너무나 정확한 충고지요. 당장 자신을 괴롭히는 문제를 해결하겠다고 섣부르게 행동했다가는 더 큰 문제를 불러올 수 있습니다. 드러난 상황보다 본질적 구조를 볼 수 있어야 합니다.

늘 평온한 바다는 없다

목동이 양 떼들을 해안가로 끌고 가 그곳에서 풀을 먹을 수 있게 했습니다. 그리고 부드러우면서도 고요함 속에 잠겨 있는 바다를 보았을 때, 바다를 항해하고픈 열정에 휩싸였습니다. 그래서 그는 양들을 모두 팔아 대추야자 열매를 싣는 화물선을 한 척 샀습니다. 그런 후 그는 대추 야자 열매를 싣고 항해에 나섰습니다. 그런데 배가 멀리 가지 않았을 때 그는 폭풍을 만났습니다. 그의 배는 난파되어 대추야자 열매와 화물선을 잃어버렸고, 그는 간신히 육지에 도달했습니다.

이 일이 있고 얼마 되지 않아 바다가 고요해진 어느 날, 그는 친구 한 명 과 함께 해안가를 따라 산책을 하고 있었는데, 그 친구가 바다의 평온함 에 감탄을 하기 시작했습니다.

그러자 목동이 말했습니다.

"조심하게, 친구. 저 바다의 부드러운 표면은 단지 자네의 대추야자 열매 들을 노리고 있는 중이라네." __목동과 바다

잔잔한 바다는 평화롭고 아름답습니다. 그런데 그런 바다가 폭풍을 일으켜 배를 전복시키고 사람의 재산과 목숨까지도 앗아가버리는 무서운 힘을 숨기고 있습니다. 겉보기에 평화로워 보인다고 해서 모든 일이 순조로울 것이라고 생각하는 것은 아주 위험합니다. 어떤 것에든 겉모습과 다른 이면이 있습니다.

질투는 자신을 태운다

염소와 당나귀를 기르는 사람이 있었습니다. 당나귀에게는 먹이를 아주 잘 주었기 때문에 염소는 당나귀를 질투하게 되었습니다. 그래서 염소가 당나귀에게 말했습니다.

"도대체 왜 맷돌을 돌리고 모든 무거운 짐들을 나르는 거냐? 너의 일생은 오직 끝없는 고통일 뿐이라구."

염소는 당나귀에게 간질이 있는 척해서 집에 들어가 휴식을 취하라고 충고해 주었습니다. 당나귀는 염소의 충고에 따라 땅에 쓰러져 온몸에 심한 타박상을 입었습니다.

주인은 수의사를 찾아가 이런 상처들을 낫게 할 치료법을 부탁했습니다. 수의사는 염소 폐를 달여 먹일 것을 처방했습니다. 그 주인은 당나귀를 고치기 위해 염소를 희생시켰습니다. __염소와 당나귀

질투심은 남을 해하기도 하지만 그 이전에 자기 자신을 해하는 것임을 명심해야 합니다. 이 글에서도 염소는 잔꾀를 냈다가 자신이 죽음을 당하고 맙니다. 질투심이란 바로 이런 것입니다. 남과 비교할 필요도 질투할 필요도 없습니다. 자신에게 주어진 본분에 힘을 다할 때 행운도 따라오는 것입니다.

같이 어울리면 서로 물든다

어떤 농부가 당나귀 한 마리를 사려고 장으로 갔습니다. 농부는 시장에 나온 당나귀 중 한 마리를 골라 자세히 살펴보고 자신의 집으로 데려와 다른 당나귀들 사이에 섞어 놓았습니다.

그러자 농부가 데려온 당나귀는 다른 당나귀는 본 척도 않고, 가장 게으른 당나귀 옆으로 다가가 여물을 먹었습니다. 이튿날 농부는 그 당나귀를 몰고 가 전 주인에게 되돌려 주었습니다. 전 주인이 당나귀를 제대로 살펴보았느냐고 묻자 농부는 이렇게 대답해주었습니다.

"달리 살펴볼 필요도 없었소. 그 친구를 보면 어떤 당나귀인지 한눈에 알 수 있으니까." _당나귀와 농부

유유상종이라는 말이 있습니다. 즉 끼리끼리 어울린다는 말이지요. 게으르고 놀기 좋아하는 사람은 게으르고 놀기 좋아하는 사람과 어울리는 것입니다. 당신은 어떤 사람과 어울리고 있습니까.

친구가 많아야 진정한 부자다

어느 날 소크라테스가 아주 작고 허름한 집을 지었습니다. 한 이웃이 그에게 이렇게 물었습니다.

"왜 당신 같은 사람이 그렇게 작고 초라한 집을 지은 거죠?"

그러자 소크라테스가 이렇게 대답했습니다.

"나에게 이 집을 가득 채울 수 있는 진정한 친구들이 부족하기 때문이오." __소크라테스와 친구

진정한 친구 셋만 얻으면 성공한 삶이라는 말이 있습니다. 가만 생각해 보세요. 아무리 많은 사람을 사귀고 있다 해도 자기가 어려울 때 마음놓고 연락할 수 있는 사람이 얼마나 되는지. 어쩌면 한 사람도 없을 수도 있습니다. 그만큼 진정한 친구는 얻기 어려운 것입니다.

어려울 때 친구를 알아본다

두 친구는 같은 길을 여행하다가 곰과 마주치게 되었습니다. 재빠른 친구는 크게 겁을 먹고 다른 친구는 생각하지도 않고 나무 위로 올라가 몸을 숨겼습니다. 다른 한 친구는 그 곰과 혼자 힘으로 싸울 수 없음을 깨닫고 땅바닥에 엎어져 죽은 체했습니다. 곰은 절대로 시체는 건드리지 않는다고 들었기 때문입니다.

그가 쓰러져 있자, 곰이 그의 머리로 다가오더니 그의 코와 귀, 그리고 심장을 쿵쿵거리며 냄새를 맡았습니다. 그런데도 그 남자는 여전히 숨을 멈춘 채로 그대로 있었습니다. 결국 곰은 그가 죽었다고 믿고 멀리 가 버렸습니다.

곰이 시야에서 멀어지자 나무 위에 있던 남자가 내려와 곰이 그에게 뭐라고 속삭였는지 물었습니다. 곰이 친구의 귀에 입을 가까이 대는 것을 보았기 때문입니다. 땅에 엎드려 있던 친구가 대답했습니다.

"별로 큰 비밀은 아니야. 곰은 단지 사귀는 친구를 조심하고, 어려울 때 친구를 저버리는 사람을 믿지 말라고 말했을 뿐이야." __곰과 여행자

위급한 순간에는 본능적으로 자신의 살길만 생각하기 쉽습니다. 그러나 그런 순간에 함께하는 것이 바로 친구입니다. 외로운 인생길에 최후까지 동반자가 되어주는 것도 역시 친구입니다. 정말 도와야 할 순간에 외면한다면 친구가 아닌 지나가는 행인과 다를 것이 없습니다. 내가 먼저 친구가 되어 주면 나도 친구를 얻게 될 것입니다.

보태 주러 와서 쌀독 들고 간다

나이가 들어 관절이 굳어버린 한 사슴이 아파서 쓰러졌습니다. 그는 풀을 좀더 쉽게 뜯을 수 있도록 숲 가까이에 있는 목초지의 풍성한 풀밭에 가서 누워야겠다고 생각했습니다. 그는 늘 친절하고 착한 이웃이 었기 때문에 많은 동물들이 그를 방문했고 작별인사를 해주었습니다.

그런데 동물들이 방문할 때마다 조금씩 조금씩 그곳의 풀을 다 먹어치우기 시작했고 결국 아무것도 남지 않았습니다. 그래서 사슴은 비록 건강은 회복했지만 먹을 것이 없었습니다. 마침내 그는 병이 났고, 나이가 많아서라기보다 그의 친구들이 음식을 다 먹어 버렸기 때문에 굶어죽고 말았습니다. __병이 든 사슴

힘든 일을 겪고 있는 사람을 도울 때는 마음도 중요하지만 실제로 그 사람에게 필요한 것이 무엇인지 알고 돕는 것이 더 중요합니다. 잘못하면 돕는다는 것이 오히려 폐만 될 수 있습니다.

배신은 배신으로 돌아온다

당나귀와 여우는 서로 친구가 되기로 하고 사냥을 하려고 시골로 갔습니다. 가는 길에 그들은 사자를 만났습니다. 위험이 닥친 걸 알아차린 여우는 곧장 사자에게로 가서 속삭였습니다.

"저를 해치지 않겠다고 약속한다면 당나귀를 배신하겠어요. 그러면 당신은 쉽게 당나귀를 손에 넣을 수 있을 거예요."

이 말에 사자는 동의했고 여우는 그 당나귀를 덫으로 끌어들였습니다. 사자는 당나귀를 잡자마자 재빨리 여우를 덮쳤습니다. 그리고는 여우를 그의 다음 식사 거리로 준비해 두었습니다.   _당나귀와 여우 그리고 사자

🌿 배신은 자기 이익을 위해서 하는 것이지만 배신자의 낙인은 결국 불행을 가져옵니다. 한 번의 배신만으로 누구에게나 항상 의심받는 삶을 살아야 하기 때문입니다.

공을 나누어야 과도 나눌 수 있다

두 남자가 길을 따라 걸어가고 있었습니다. 그 길에 도끼가 떨어져 있었고 한 남자가 그것을 발견해 주워 들며 외쳤습니다.

"내가 뭘 주었는지 봐!"

그러자 다른 남자가 말했습니다.

"'내가'가 아니고 '우리가 뭘 찾았는지 봐'라고 해야지."

조금 시간이 흐른 뒤 그 손도끼를 잃어버린 사람이 나타났습니다. 그리고는 그들이 그것을 훔쳐갔다며 소리쳤습니다.

도둑으로 몰린 사람이 친구에게 말했습니다.

"아아, 우린 죽었다."

그러자 그 친구가 말했습니다.

"'우리'가 아니고 '나는 죽었다'야. 기억해 둬. 자기가 받은 상을 친구와 나눠 같지 않는 사람은 그 친구와 위험을 나누길 기대할 수는 없어." _두 친구와 손도끼

진정한 친구는 좋은 때도 함께하고 위급할 때도 함께하는 것입니다. 달면 삼키고 쓰면 뱉는 것은 친구가 아닙니다. 친구가 얼마나 있는가는 그가 어려움에 처했을 때 제대로 알게 됩니다. 공은 혼자서 독차지하려 하고 과는 남에게 미루거나 나누어 지려고 하면 그의 주변에 아무도 남지 않을 것입니다.

인간은 한 입으로 두 말을 한다

한 인간과 사티로스(그리스 신화에 나오는 바쿠스를 따르는 숲의 신으로 반인반수)가 친구가 된 후에 함께 대화하기 시작했습니다. 추운 겨울날이었기 때문에 인간은 손을 입에 대고 호호 불었습니다. 그런 인간에게 사티로스가 물었습니다.

"친구야, 너 지금 뭐하고 있는 거니?"

인간이 대답했습니다.

"손을 따뜻하게 하려고. 거의 얼어붙을 지경이거든."

시간이 조금 흐르고 그들은 식사를 하기 위해 자리에 앉았습니다. 약간 뜨거운 음식이 나오자 그 남자는 접시를 입으로 가져와 입김을 불었습니다. 사티로스가 물었습니다.

"무엇 때문에 그렇게 하는 거니?"

인간이 말했습니다.

"응, 내 죽이 너무 뜨거워서 식히려고 그러는 거야."

사티로스가 대꾸했습니다.

"그래, 그렇다면 지금 이 순간부터 우리 우정은 끝난 걸로 해. 한순간엔

뜨겁게 불었다가 그 다음 순간엔 차갑게 불어대는 그런 사람을 난 절대 믿을 수 없거든." __간과 사티로스

 반인반수인 사티로스는 인간의 입김이 어떤 작용을 하는지 모르기 때문에 이런 말을 할 수 있습니다. 하지만 한 입으로 여러 말을 할 수 있는 인간들이 얼마나 마음과 신념을 때에 따라 잘 바꾸는지 한번쯤 되새겨볼 일입니다.

좋은 것은 나누기 어렵다

외딴섬에 황소 한 마리와 쇠똥구리 두 마리가 살고 있었습니다. 겨울이 다가오자 쇠똥구리 한 마리가 옆의 친구에게 말했습니다.

"이번 겨울에는 뭍에 나가 먹이를 구해볼 작정이야. 언제까지 저 황소의 똥에 매달려 힘겨운 삶을 꾸려야겠니. 만일 그곳에 먹이가 많으면 네게 가져다 주기로 약속할게."

쇠똥구리는 곧 뭍으로 나가 자리를 잡고 신선한 쇠똥을 무더기로 찾아 먹었습니다. 그리고 겨울이 지나자 쇠똥구리는 잔뜩 살이 올라 외딴섬으로 돌아왔습니다. 그런 쇠똥구리가 빈손으로 온 것을 본 친구가 약속을 왜 지키지 않았느냐고 물었습니다. 그러자 쇠똥구리는 이렇게 대답했습니다.

"나보고 뭐라고 하지 마! 뭍에는 먹을 것투성이었지만, 너무 멀어 이곳까지 가져올 수는 없었으니까." __두 마리 쇠똥구리 친구가 약속을 못 지켰으니 기다리고 있던 쇠똥구리가 실망했겠지만, 이럴 땐 방법이 없는 것도 아니지요. 다음겨울엔 함께 뭍으로 나가 쇠똥을 찾아 먹으면 될 테니까요. 방법을 잘 찾으면 같은 상황에서도 친구와 함께 행복해질 수 있습니다. 앉은 자리에서 기다린다고 부족한 것을 채울 순 없습니다.

이웃을 돕는 것이 나를 돕는 것이다

옛날에 말과 당나귀를 가진 사람이 있었습니다. 그는 여행을 떠날 때마다 말은 자유롭게 풀어 주고 모든 짐은 당나귀의 등에 실었습니다. 당나귀는 한동안 몸이 좋지 않았기 때문에 말에게 여행하는 동안에 그가 진 짐의 일부를 나눠 지자고 부탁을 했습니다.

당나귀가 말했습니다.

"네가 짐을 반만 져 준다면 나는 곧 나을 거야. 하지만 네가 도와주기를 거절한다면 이 무게 때문에 나는 죽고 말 거야."

그렇지만 말은 당나귀에게 불평을 늘어놓으면서 자신을 괴롭히지 말라고 말했습니다. 그러자 당나귀는 묵묵히 걸어만 갔습니다. 그러나 곧 짐의 무게를 이기지 못해 길에 쓰러져 죽어 버렸습니다. 그렇게 되자 주인은 당나귀의 짐을 풀더니 말의 등에 실었고 그 위에 당나귀의 시체까지 끌도록 했습니다. 말이 신음하며 말했습니다.

"나의 나쁜 성질 때문에 이렇게 되었구나. 내가 짐을 끌지 않겠다고 거절을 해서 이제는 그 모든 짐과 당나귀의 시체까지 날라야 하는구나."
_말과 짐 실은 당나귀

모든 것이 맞물려 돌아가는 사회에서는 각각의 일들이 서로에게 깊은 영향을 미칩니다. 서로 나누면 힘 들이지 않고 할 수 있는 일을, 나만 편하겠다고 모른 체하면 그 일이 전부 자신에게로 돌아옵니다. 짐을 나누어 지고 함께 가는 것이 사실은 더 오래, 즐겁고 보람 있게 사는 방법입니다.

영리한 고양이는 발톱을 숨긴다

수탉 한 마리가 고양이를 부려먹으며 의기양양하게 지내고 있었습니다. 그 수탉이 흘린 오물을 고양이가 몸종처럼 치우고 있는 장면을 목격한 여우가 이런 말을 꺼냈습니다.

"조심해야 돼. 저 고양이 녀석 얼굴을 보면 힘들게 몸종 일을 하고 있는 게 아니라, 약탈을 하고 있는 것처럼 보이거든!"

얼마 후 고양이는 배가 몹시 고파지자 주인처럼 받들던 수탉을 붙들어 갈가리 찢어먹고 말았습니다. __수탉과 고양이

고양이가 수탉의 몸종이 될 이유가 없지요. 몸종은 약자가 강자에게 하는 것이지요. 그러니 거기에는 다 계산이 깔려 있는 것입니다. 자기보다 강자를 부리고 있다고 생각하면 큰 오산입니다. 그는 기회를 보고 있을 뿐입니다.

고양이가 쥐를 생각하랴

암탉이 아파서 둥지에 누워 있다는 소식을 듣고 고양이가 병문 안을 갔습니다. 그는 암탉에게 살금살금 다가가 말했습니다.

"좀 어때 친구? 내가 뭘 좀 도와줄 수 있을까? 뭐 필요한 것이 있어? 말만 해. 네가 원하는 것이라면 세상에 있는 어떠한 것이라도 갖다 줄게. 기운 내고 아무 걱정 마."

암탉이 대답했습니다.

"고마워. 그 무엇보다도 네가 나를 떠나 준다면 그걸로 충분히 좋아. 그러면 확실히 곧 좋아질 것 같아." ＿암탉과 고양이

고양이는 닭을 잡아먹을 수 있는 육식성 동물입니다. 그런 고양이가 문병을 왔으니, 닭으로서는 달가울 리가 없지요. 그래서 자신을 떠나준다면 충분하다고 대답을 합니다. 닭으로서는 생존하는 게 가장 큰 목적이니까요.

목숨보다 귀한 재물은 없다

한 목동이 송아지 한 마리를 잃어버려 그것을 찾느라 숲 속을 온통 헤매고 다녔습니다. 결국 찾지도 못하고 시간만 보낸 뒤, 그는 헤르메스와 판(그리스 신화에 나오는 목양의 신)뿐만 아니라 그 숲과 산의 모든 요정들에게 맹세하기를, 그의 송아지를 훔쳐간 사람을 찾도록 도와준다면 그들에게 양을 제물로 바치겠노라고 했습니다.

그 후 얼마 지나지 않아서 목동은 언덕 꼭대기에서 사자가 송아지를 먹고 있는 것을 보았습니다. 그러자 이번에는 그 불쌍한 목동이 맹세했습니다.

"송아지를 잡아먹는 사자의 손아귀에서 빠져나갈 수 있게 해준다면 양과 함께 다 자란 황소도 제물로 바치겠다." __목동과 잃어버린 송아지

그러니까 자기 목숨 외에는 아무것도 중요하지가 않습니다. 혹시 나 자신을 돌보는 것보다 다른 것에 더 매달리고 있지 않은지요.

여우를 피하다 호랑이를 만난다

호젓한 바닷가로 피신해 온 물총새 가족이 파도가 철썩거리는 외딴 바위 자락에 둥지를 틀었습니다. 겨우 사냥꾼들의 추적을 따돌려 근심을 덜게 된 어미새는 부지런히 먹이를 물고 와 새끼들을 먹여 살렸습니다. 그런 어느 날 어미새가 잠시 둥지를 비운 사이 갑작스레 불어닥친 돌풍이 모든 것을 한순간에 바꿔 놓았습니다. 사나운 돌풍은 잔잔하던 바다에 너울을 일으켰고, 솟구쳐 오른 파도가 한 입에 둥지를 삼켜 버려 새끼새들은 모두 물에 빠져 죽고 말았습니다. 뒤늦게 둥지로 돌아온 어미새가 파도를 탓하며 이렇게 탄식했습니다.

"뭍의 온갖 위험을 피하려고 이 바다를 찾았건만, 저토록 고요했던 바다가 우리를 배신할 줄이야!" __물총새와 고요한 바다

위험을 피해 간 곳이 더 위험한 곳이었습니다. 한 가지 조건만 보지 말고 여러 가지를 고려해서 결정해야 후회하지 않게 됩니다.

윗사람의 태도로 상황을 읽어라

심하게 추운 겨울 동안, 한 농부의 집은 온통 눈으로 뒤덮였습니다. 밖에서 어떠한 먹을 것도 얻을 수 없음을 알게 된 농부는 자기 양들을 잡아먹기 시작했습니다. 나쁜 날씨는 멈추지 않아 농부는 이제 염소를 먹어치우기 시작했습니다. 그런데도 날씨는 좋아지지 않자 마침내 그는 밭 가는 소를 바라보았습니다. 그러자 개들이 수군거렸습니다.

"우리는 도망치는 편이 낫겠어! 만약 주인이 고된 일을 해 온 소까지도 잡아먹는다면 우리는 절대로 살려 두지 않을 거야." __농부와 개

농부가 살기 위해 가장 큰 일꾼인 소까지 먹을 궁리를 하고 있습니다. 눈치 빠른 개들은 도망치려 합니다. 그들은 자신들의 가치를 잘 알고 있기 때문입니다.

평화로울 때 무기를 준비하라

멧돼지가 나무에 대고 송곳니를 날카롭게 갈았습니다. 이때 지나가던 여우가 왜 그러고 있느냐고 물었습니다.

"이유를 모르겠군요. 사냥꾼도 사냥개도 보이지 않는데요."

멧돼지가 대꾸했습니다.

"바로 그래요. 그러나 막상 위험이 닥치게 될 때는 내 무기를 날카롭게 가는 일이 아닌 다른 일들에 온통 정신을 빼앗겨 있을 거예요." __멧돼지와 여우

그렇습니다. 위험과 싸울 때는 온통 싸움에 신경이 가 있어서 다른 생각을 할 겨를이 없지요. 그러니 멧돼지처럼 한가할 때에 송곳니를 날카롭게 갈아두는 게 현명합니다. 전쟁의 대비는 평화롭고 여유가 있을 때 해 두어야 합니다.

어설픈 흉내는 비웃음만 산다

～～

      나이가 들어 힘이 약해진 고양이는 더 이상 전과 같이 생쥐들을 사냥할 수가 없었습니다. 그래서 그 고양이는 생쥐들을 자신의 발톱 안으로 끌어들일 새로운 방법을 생각하려 했고, 마침내 새로운 방법이 떠올랐습니다. 자신을 자루나 적어도 죽은 고양이로 위장할 수 있겠다는 생각이었습니다. 기둥에 자신의 뒷발로 몸을 매달아 놓는다면 쥐들이 더 이상 두려워하지 않으면서 자신에게 가까이 올 것이라고 생각했습니다. 그때 한 늙은 생쥐가 친구에게 속삭였습니다.

"젊을 때 많은 자루를 봤지만 고양이 머리를 가진 자루는 한 번도 본 적이 없어."

다른 친구가 말했습니다.

"이봐, 바로 저기 있잖아."

그러자 늙은 생쥐가 대꾸했습니다.

"나라면 고양이가 짚으로 만든 박제라 해도 그의 손이 닿는 곳엔 가지 않겠어." __고양이와 생쥐

현명한 늙은 쥐는 고양이의 속셈을 꿰뚫어보고 있습니다. 위험이 있는 곳에는 아예 얼씬하지 않는 조심성이 그의 수명을 길게 해주었을 것입니다. 모험을 하지 않을 거라면 경험에서 배운 것들을 중시하며 사는 것이 현명합니다.

제3장

두 아내를 모두 만족시킬 순 없다

남을 인정해야 자신도 인정받는다

동물들의 대회의에서 원숭이가 일어나 춤을 추었습니다. 그러자 참석한 모든 동물들이 매우 즐거워하며 힘차게 박수를 치고 찬사를 보냈습니다. 그러한 칭찬들은 낙타를 성나게 만들었고 그는 일어서서 자기의 춤을 원숭이에게 보여 주려고 했습니다. 하지만 낙타는 곧 자신을 비웃음거리로 만들었고 동물들은 화를 내며 모임에서 낙타를 쫓아버렸습니다.
__원숭이와 낙타

🌿 질투는 자신을 망칩니다. 원숭이의 춤을 질투하기보다 멋지다고 인정을 해주고 자신은 잘할 수 있는 다른 것으로 인정을 받으면 됩니다. 다른 사람을 인정할 줄 알아야 자신도 성장합니다.

개성에 우열은 없다

～～

　　복숭아와 사과는 둘 중에 누가 더 아름다운지를 정하기 위해 경연대회를 갖기로 결정했습니다. 하지만 서로 감정이 상하게 되면서 대회 자체를 감당할 수 없을 듯하자 검은 딸기가 근처 숲에서 머리를 내밀더니 소리쳤습니다.

　　"이 경쟁은 이미 오래전에 지나갔어. 모두 사이좋게 지내고 이런 우스운 게임은 끝내자!" ＿복숭아와 사과와 검은 딸기

　　검은 딸기의 중재가 지혜롭습니다. 복숭아는 복숭아대로 사과는 사과대로 아름답습니다. 다른 이들의 평가는 그저 즐기는 놀이나 게임에 불과합니다. 아름다움을 가지고 다투어 보았자 피곤함과 조롱만 남을 뿐입니다.

쓸모 있는 것이 경쟁력이다

제비와 까마귀는 누가 더 멋있는 새인지를 놓고 논쟁을 벌였습니다. 까마귀는 다음과 같이 말하며 논쟁을 끝내 버렸습니다.

"너의 깃털은 여름 동안에는 아름답고 멋있을지 모른다. 하지만 내 깃털은 많은 겨울들을 보내며 나를 보호해 줄 것이고 영원할 것이다." __제비와 까마귀

모든 사물의 쓰임새는 저마다 다를 뿐 우열을 가릴 수 있는 것이 아닙니다. 아름다움만이 가장 우위라고 생각했다가는 결정적인 순간에 보호받지 못하게 되기도 합니다. 아름다움이 한때의 경쟁력은 될 수 있지만 결코 오래 갈 수는 없습니다. 변하지 않는 가치를 추구해야 합니다.

역사는 승자의 기록

～⊛～

옛날에 한 남자와 사자가 같이 여행을 하다가 둘 중에 누가 더 강하고 용감한지에 대해 논쟁을 벌이게 되었습니다. 점점 그들의 감정이 폭발하기 시작할 무렵, 그들은 인간에게 목이 졸리고 있는 사자를 묘사한 돌조각을 지나게 되었습니다. 그러자 남자가 소리쳤습니다.

"저것 봐! 인간의 우수성에 대한 이보다 더 확실한 증거가 있을 수 있겠어?"

사자가 대꾸했습니다.

"저것은 너희들이 만든 이야기지. 만약에 우리가 조각가라면, 사자 앞발 밑에 사람 스무 명은 있을걸." __한 남자와 사자

그렇습니다. 누가 기록했는가에 따라 사람과 사건에 대한 평가가 달라지는 것입니다. 역사가 승자의 기록이란 말도 바로 이런 뜻에서 나왔을 것입니다.

경쟁의 대상을 올바로 찾아라

───◦◦◦───

여우는 커다란 뱀이 길가의 무화과나무 밑에서 잠자고 있는 것을 보았습니다. 여우는 그의 커다란 키를 부러워하고 있었습니다. 여우는 뱀과 똑같아지고 싶었습니다. 그래서 여우는 뱀 옆에 누워 자기의 몸을 길게 늘였습니다.

하지만 지나치게 몸을 너무 잡아 뺐기 때문에 결국 그 어리석은 동물은 두 동강이 나고 말았습니다. ＿여우와 커다란 뱀

키가 크고 싶은 여우의 마음은 이해할 수 있지만 비교할 대상을 잘못 선택했습니다. 가능한 일과 불가능한 일을 구분할 수 있어야 자신이 가진 것만으로 행복하게 살 수 있습니다.

바꿀 수 없는 것에 매달리지 말라

까마귀는 백조의 흰 깃털을 부러워했는데 백조가 살고 있는 물 때문에 백조가 아름다운 것이라고 생각했습니다. 그래서 까마귀는 자신의 생계를 꾸려가던 신전의 제단을 버리고 연못과 시냇물로 날아갔습니다.

물가에 도착한 까마귀는 화려하게 차려 입고 털도 깨끗이 씻었지만 모두 헛수고였습니다. 그의 깃털은 전과 다름없이 까만색이었습니다. 게다가 이전에 늘 먹던 음식을 찾을 수 없었기 때문에 굶어 죽어 버렸습니다.
__까마귀와 백조

환경이 인간에게 중요한 영향을 미치는 건 사실이지만 환경을 극복하는 것이 인간이기도 합니다. 모든 것을 환경 탓으로 돌리기 전에 자신을 가꿀 생각을 먼저 하십시오. 환경을 바꾼다고 까마귀가 백조가 되는 것은 아닙니다.

관상보다 심상

어느 날 표범과 여우는 둘 중에서 누가 더 잘생겼는지를 가리기 위한 시합을 갖기로 했습니다. 표범은 자신의 몸에 셀 수 없이 많은 점들이 아름답다고 자랑을 했습니다.

그러자 여우는 다음과 같이 대꾸를 했습니다.

"네가 아름다운 점들을 가지고 있을지는 모르지만 각양각색의 육체보다도 다재다능한 마음을 가지고 있는 것이 더 낫지." __표범과 여우

관상보다 심상이라는 말이 있지요. 겉모습은 잠시 혹할 수 있지만 아름다운 마음만큼 사람들을 오래 곁에 있게 할 수는 없습니다.

복수에 눈이 멀면 어리석어진다

옛날에 어떤 말이 넓은 풀밭을 혼자 차지하고 있었는데, 사슴 한 마리가 들어와 목초지를 파헤쳐 버렸습니다. 보복할 기회를 엿보던 말은 어떤 사람에게 사슴을 벌주려는데 자기를 도와줄 수 있느냐고 물었습니다. 그 사람이 대답했습니다.

"그럼. 하지만 너의 입에 재갈을 물리고 내가 네 등에 올라탈 수 있게 해 주어야만 해. 그런 다음 나는 그 사슴을 처벌할 무기를 찾을 거야."

말이 동의를 했고 그 사람은 말에 올라탔습니다. 그 후로 말은 보복할 기회를 얻는 대신 인류의 노예가 되었습니다. __말과 사슴

사슴에게 복수를 하려던 말이 사람의 노예가 되고 말았습니다. 복수를 하는 가장 좋은 방법은 용서라는 말이 있습니다. 복수는 자신을 더 큰 고통 속에 몰아넣을 뿐입니다.

주는 대로 받는다

어느 날 여우는 황새를 저녁 식사에 초대했습니다. 그는 황새를 골탕을 먹이고 싶었기 때문에, 넓고 납작한 접시에 얇게 국물만을 깐 수프를 식사로 내놓았습니다. 여우는 매우 쉽게 이 수프를 핥아먹을 수 있었지만, 황새는 그 길고 좁은 부리로는 한 입도 먹을 수 없었기 때문에, 식사를 시작할 때와 마찬가지로 끝낼 무렵에도 배가 고팠습니다. 여우는 황새가 거의 먹지 못하는 것을 보며 미안한 척하며 말을 했습니다.

"음식이 입맛에 맞지 않을 수도 있어. 한 입도 먹지 못했네. 이거 미안해서 어쩌지."

황새는 여우에게 아무 말도 하지 않은 채 단지 가까운 시일 안에 자신의 집으로 초대할 수 있는 영광을 달라고만 했습니다. 여우는 그 초대를 받고 기뻐했습니다.

얼마의 시간이 흐른 뒤, 여우는 시간에 맞춰 황새의 집에 나타났고 바로 저녁 식사가 차려졌습니다. 그런데 여우는 음식들이 목이 좁은 병의 바닥에 담겨 있다는 것을 알았습니다. 황새는 쉽게 그 긴 부리를 병에 밀어 넣을 수 있었지만 여우는 병의 목 주변만을 핥는 것에 만족해야 했습니다.

배고픔을 참을 수 없었던 여우는 최대한 정중하게 그 집을 나왔습니다. 오직 자신이 한 일에 대한 되갚음을 했을 뿐, 그 집주인에게 아무런 잘못이 없음을 깨달았기 때문입니다. _여우와 황새

 여우는 자신이 한 대로 돌려받았습니다. 그러니 화가 나는 일을 당해도 침묵할 수밖에 없었습니다. 상대에게도 나를 골탕 먹일 방법이 얼마든지 있습니다. 내가 대접받고 싶은 대로 남을 대접해야만 좋은 관계를 지속할 수 있는 것입니다.

미리 하는 걱정은 백해무익

〜ﾟ

늦대가 오두막 안을 들여다보다가 몇 명의 목동들이 대단히 만족스럽게 양고기 덩어리를 먹고 있는 것을 보았습니다. 늦대가 말했습니다.

"목동들이 나를 잡아 저렇게 저녁 식사로 즐긴다면, 반드시 되갚아줄 날이 있을 거야." __늦대와 목동들

늦대는 아직 오지도 않은 일을 갖고 복수를 생각하고 있군요. 이런 생각은 할 필요가 없는 것이지요. 죽으면 복수할 수도 없으니까요. 아직 일어나지 않은 일을 미리 걱정하며 시간을 보내는 것은 어리석은 행동입니다. 걱정하는 것 중에 90%는 일어나지 않을 일이라고 합니다. 미리 걱정하기보다는 현재 일에 충실한 것이 걱정을 해결하는 방법입니다.

아랫사람의 모욕이 더 따갑다

나이가 들어 쇠약해진 한 사자가 아무런 도움도 받지 못한 채 죽음을 맞이해 땅위에 사지를 쭉 뻗고 누웠습니다. 멧돼지는 오랜 원한을 풀고 싶은 마음에 뾰족한 송곳니로 그를 공격했습니다. 그다음으로는 황소가 복수하겠다며 뿔로 그를 눌러 버렸습니다.

그러자 이제 사자를 마음 놓고 건드릴 수 있다는 것을 안 당나귀는 자신의 원한도 풀어야겠다며 뒷발로 사자의 얼굴을 차 버렸습니다. 그러자 죽어가던 사자는 당나귀에게 큰 소리로 말했습니다.

"힘 센 동물들의 모욕은 그런 대로 간신히 견뎌냈다. 그러나 조물주의 불명예인 너같이 비천한 동물에게까지 모욕을 받는 것은 두 번 죽는 것이나 다름없다." _늙은 사자

자신보다 약한 자에게 당하면 굴욕감이 더욱 커집니다. 하지만 죽은 자에게 보복하는 약한 자 역시 안타깝기는 마찬가지입니다.

작은 것들의 원한이 더 무섭다

독수리에게 쫓기던 토끼는 딱정벌레의 보금자리로 피신해 들어가 목숨을 구해 달라고 청했습니다. 딱정벌레는 토끼를 불쌍히 여겨 독수리에게 그 불쌍한 짐승을 죽이지 말라고 간절히 부탁했습니다. 딱정벌레는 비록 보잘것없는 곤충이었지만, 독수리에게 중재와 환대의 법칙을 존중할 것을 위대한 제우스 신의 이름으로 요구했습니다. 그러자 독수리는 무정하게도 그의 거대한 발톱으로 토끼를 잡아 바로 그 자리에서 먹어 치웠습니다. 독수리가 멀리 날아가자 딱정벌레는 그의 둥지가 어디인지 알기 위해 그에게 매달려 따라갔습니다. 그런 다음 그는 독수리 알들을 하나씩 하나씩 굴려 떨어뜨려 버렸습니다.

누가 도대체 그렇게 대담한 짓을 했을까 생각하며 격분하던 독수리는 다음 둥지를 좀더 높은 곳에 지었습니다. 하지만 딱정벌레는 그곳까지 찾아 올라간 뒤, 전과 마찬가지로 알들을 밀어 깨뜨려 버렸습니다. 독수리는 이제 어떻게 해야 할지 몰라 당황했습니다. 그래서 그의 주인이자 왕인 제우스 신에게 날아올라가 세 번째 알들을 신의 무릎 위에 올려놓으며 자신을 위해 알들을 잘 보살펴 달라고 부탁했습니다. 그러자 딱정벌레는 지저분한 작은 공을 만들어 제우스의 무릎 위에 떨어뜨렸습니다. 제우스는 그 더러운 것을 보자 알들은 잊은 채 벌떡 일어나 털어버렸습니다. 떨어진 알들은 모두 부서졌습니다.

이번엔 딱정벌레가 자신에게도 잘못했지만 제우스에게도 경건치 못하게 행동한 독수리에게 복수하려고 이러한 짓을 저질렀다며 제우스에게 알렸습니다. 그래서 독수리가 돌아왔을 때 제우스는 딱정벌레가 나쁜 짓을 한 장본인이고 그의 불평에는 정당성이 있다고 말했습니다. 그럼에도 제우스는 독수리에게 벌을 주고 싶지는 않았습니다. 그래서 딱정벌레에게 독수리와 평화협정을 맺으라고 충고했지만 딱정벌레는 동의하지 않았습니다. 그러자 제우스는 할 수 없이 독수리 알 낳는 시기를 딱정벌레가 다니지 않는 다른 계절로 바꾸지 않을 수 없었습니다. _독수리와 딱정벌레

작지만 당찬 딱정벌레에게 제우스마저 손을 듭니다. 자기 힘만 믿고 남을 배려하지 않는 사람은 자신보다 훨씬 약한 상대에게 어이없이 당할 수 있습니다.

모성보다 강한 것은 없다

~~~

    독수리와 여우는 오랫동안 사이좋은 이웃으로 함께 살고 있었습니다. 독수리의 둥지는 높은 나무 꼭대기에 있었고, 여우의 집은 그 나무 밑동에 있었습니다. 그러던 어느 날 여우가 멀리 나가 있는 동안, 독수리는 자기 새끼들에게 줄 먹이를 얻을 수 없었습니다. 그래서 독수리는 그의 집이 상당히 높은 곳에 있으니 여우가 복수할 수 없으리라 생각하면서, 여우새끼들을 덮쳐 그중 한 마리를 둥지로 끌고 갔습니다.

    독수리가 자기 새끼들에게 여우 새끼를 막 나누어 주려던 참에 여우가 돌아와 자신의 어린 새끼를 돌려달라며 간절히 부탁했습니다. 아무리 간청해도 소용이 없자, 여우는 가까운 들판에 있는 제단으로 가 염소를 제물로 바칠 때 사용하는 불에서 횃불을 붙였습니다. 그런 다음 횃불을 움켜쥐고 돌아와 그 나무에 불을 붙였습니다. 불꽃과 연기는 곧 독수리의 어린 새끼들과 자신의 목숨까지도 위태롭게 만들었습니다. 이렇게 되자 독수리는 여우 새끼를 하나도 다치지 않고 안전하게 여우에게 되돌려주었습니다. __독수리와 여우

내 자식이 귀하면 남의 자식도 귀하게 여겨야 합니다. 자식 목숨이 위태로워진 어미는 자식을 구하기 위해 못할 일이 없습니다. 나만 살겠다고 약한 사람을 무시하면 생각 외의 큰 화를 당할 수도 있습니다.

변하지 않는 관계는 없다

옛날에 부드러운 잎사귀와 잘 익은 열매가 주렁주렁 열린 포도나무가 있었습니다. 그 포도나무는 풍성한 포도주를 제공하게 될 그날이 하루 빨리 오기를 학수고대하고 있었습니다. 그런데 갑자기 장난기 어린 염소가 한 마리 나타나더니 나무껍질은 물론 어린잎들까지 씹어 먹기 시작했습니다. 포도나무가 말했습니다.

"너는 나를 이렇게 괴롭힐 권리가 없어. 나는 오래지 않아 너에게 정당한 복수를 해줄 거야. 네가 내 잎들을 씹어 먹고 나를 뿌리째 쓰러뜨린다 해도, 네가 제단의 희생 제물로 올려질 때, 나는 너의 몸 위에 뿌려질 포도주를 제공하게 될 테니까." __포도나무와 염소

포도나무의 말이 섬뜩합니다. 관계는 돌고 돌게 되어 있습니다. 힘이 있을 때 주변에 은혜를 입혀야 어려울 때 도움을 받습니다.

뭉치면 산다

매일 서로 싸우기만 하는 아들들을 가진 한 농부는 말로 그들을 화해시키려고 오랫동안 노력해 봤지만 허사였습니다.

어느 날 그는 아들들을 불러 모아 자기 앞에 나무 한 다발을 갖다 놓으라고 했습니다. 그런 다음 그 나무들을 한 묶음으로 묶은 뒤, 아들 각자에게 그 나무 묶음을 부러뜨려 보라며 주었습니다. 아들들 모두가 시도해 봤지만 허사였습니다. 그러자 아버지는 나무 묶음을 풀어서 아들들에게 하나씩 부러뜨려 보라며 주었습니다. 아들들은 아주 쉽게 부러뜨렸습니다.

그러자 아버지가 온화한 표정을 지으면서 말했습니다.

"얘들아, 너희도 이와 똑같다. 너희가 똘똘 뭉쳐 지내는 동안은 어떠한 적을 만나도 패하지 않을 것이다. 하지만 너희가 다투며 따로따로 지내게 되면 이 나무 막대기들처럼 쉽게 부러질 것이다." ＿막대기 한 묶음

싸우기만 하는 자식들을 화해시키려는 아버지의 얘기입니다. 혼자서 하기는 어려워도 뭉치고 서로 도우면 헤쳐나가지 못할 일이 없습니다. 아무리 뛰어난 능력을 가졌어도 한 사람이 두세 사람보다 나을 수는 없습니다.

내분이 일어나면 스스로 망한다

매우 사이가 좋은 세 마리의 황소는 언제나 같은 들판에서 함께 풀을 뜯어 먹었습니다. 사자는 그들을 잡아먹겠다는 희망에 잔뜩 부푼 눈빛으로 며칠을 두고 지켜봤습니다. 그러나 그들이 함께 있는 한 그럴 기회가 전혀 없다는 걸 알게 되었습니다. 그는 소들이 서로 싸우도록 이간질을 하고 소문을 퍼뜨렸고, 결국 그들 사이에 질투심과 불신을 조장하는 데 성공했습니다. 그들이 서로 떨어져 따로따로 풀을 뜯는 것을 보자마자 사자는 즉시 하나씩하나씩 공격하여 손쉽게 모두 잡아먹었습니다. __사자와 세 마리의 황소

병법 중엔 이간계가 있습니다. 적들이 긴밀하게 붙어 있어 공격할 틈이 없을 때 쓰는 방법이지요. 황소들도 사자의 이간계에 넘어가 흩어졌다가 모두 죽임을 당합니다. 적의 이간계에 넘어가지 않으려면 반드시 사실을 확인하고 또 서로를 믿어야 합니다.

상생의 환경을 찾아라

숯 굽는 사람은 집에 자신이 필요한 것보다 더 많은 방을 가지고 있었습니다. 그래서 직물 짜는 사람에게 들어와서 숙소를 같이 쓰자고 제안했습니다. 그러자 직공이 말했습니다.

"고맙지만 나는 당신 제안을 거절해야만 해요. 왜냐하면 내가 내 물건들을 빨리빨리 짜서 표백해 놓으면 당신이 재빠르게 그것들을 다시 검게 만들까 걱정되기 때문이에요." ＿숯 굽는 사람과 직물 짜는 사람

상대의 호의가 고맙긴 하지만 받아들일 수 없는 것은 거절할 줄 알아야 합니다. 이득이 될 것 같아 덥석 받아들였다가 오히려 낭패를 보게 되면 서로가 상처를 받게 됩니다.

권력의 주변이 오히려 위험하다

두 개의 항아리가 있었습니다. 하나는 진흙으로, 나머지 하나는 청동으로 만들어진 것이었는데 홍수가 나서 강물에 쓸려 내려갔습니다. 청동 항아리가 그의 동료에게 자기 쪽으로 붙으라고 말했습니다. 그를 보호할 생각이었습니다.

그러자 진흙 항아리가 말했습니다.

"제안은 고마워. 하지만 그것이 바로 나를 가장 겁나게 하는 거야. 네가 나한테서 조금만 떨어져 주면 안전하게 강을 따라 떠내려갈 수 있을 거야. 그러나 우리가 서로 붙어 있게 된다면, 나는 아마 깨지는 고통을 겪게 될 거야." ＿두 개의 항아리

강한 사람에게 붙어 있으면 무조건 안전할 거라고 생각하지만 오히려 해가 될 때도 있습니다. 호의도 받아들이는 사람의 입장을 잘 살펴 베풀어야 합니다.

큰 나무가 그늘도 넓다

모기 한 마리가 몇 분 간 소의 머리 근처를 윙윙거리며 날아다니다가 마침내 소의 뿔 위에 내려앉았습니다. 그리고는 그를 방해한 것을 용서해 달라고 간청했습니다.

"제 몸무게가 당신에게 어떤 불편함을 준다면 말씀만 하세요. 그러면 제가 즉시 사라질 테니까요."

소가 말했습니다.

"그것은 별로 걱정하지 않아도 돼요. 당신이 있든 없든 나한테는 다 똑같아요. 진실을 말하자면 나는 당신이 거기 있었다는 것조차 몰랐어요."
__모기와 소

소에게 모기는 귀찮기는 해도 무게 때문에 힘이 들지는 않을 것입니다. 하지만 모기가 예의를 다하니 소도 공손히 받습니다. 사람도 각자 처지에서 도리를 지키며 살면 크게 다투는 일은 없을 것입니다.

상황을 보고 움직여라

강을 건너던 여우는 물살에 휩쓸려 좁은 계곡으로 떠밀려 갔습니다. 그는 간신히 빠져나와 기운이 빠진 채 오랫동안 강가에 누워 있었습니다. 그때 한 떼의 쇠파리들이 온몸을 덮쳐 괴롭히며 물기 시작했습니다.

한 고슴도치가 그 쪽으로 걸어오다가 그 장면을 보고 불쌍한 마음이 들어 여우에게 그를 괴롭히는 쇠파리 떼를 몰아내 주겠다고 했습니다. 그러자 여우가 말했습니다.

"절대로 그러지 마세요."

고슴도치가 물었습니다.

"왜 안 된다는 거요?"

여우가 대답했습니다.

"바로 지금 나한테 붙어 있는 이 쇠파리들은 이미 배가 부른 상태라 거의 피를 빨아먹진 않지만, 당신이 그것들을 쫓아버리고 나면 새로운 한 무리의 배고픈 파리들이 다시 자리를 잡을 것이고, 그렇게 되면 내 몸엔 피한 방울 남아 있지 않을 테니까요." __여우와 고슴도치

206

어떤 때는 내가 베푼 호의가 상대에게 오히려 피해를 줄 수도 잇습니다. 따라서 무조건 베풀기보다 상황에 맞게 도움을 주는 것이 중요합니다. 또 당장의 작은 괴로움을 피하려고 더 큰 괴로움을 불러오지 않도록 신중한 태도를 갖는 것도 중요합니다.

부드러움이 강함을 이긴다

바람과 해님이 하루는 둘 중 누가 더 힘이 센가로 열띤 논쟁을 벌이다가 시합을 해서 그 논쟁을 마무리짓기로 합의를 했습니다. 어느 쪽이든지 길가는 나그네의 외투를 가장 먼저 벗기는 쪽이 가장 힘이 센 걸로 인정받는 것이었습니다.

바람이 먼저 폭풍을 불러일으킬 만큼 온 힘을 다해 바람을 불어댔습니다. 그 폭풍은 알래스카의 폭풍만큼이나 춥고 맹렬했습니다. 바람이 더 세게 바람을 불면 불수록 나그네는 더 꽉 끼게 외투를 여미고 손으로 잡았습니다.

그다음 해님이 나왔습니다. 해님은 햇살을 쏟아내며 구름과 추위를 쫓아 버렸습니다. 나그네는 갑작스레 온기를 느꼈습니다. 해님이 점점 더 환하게 빛나자 열기에 지친 나그네는 자리에 앉아 외투를 벗어 땅에 놓았습니다. __바람과 해님

언뜻 생각하면 강력한 바람이 부드러운 햇살보다 상대를 꺾는 데 유용해 보이지만, 실제로는 부드럽게 상대를 감쌀 때 싸우지 않고도 원하는 것을 그 이상으로 얻어낼 수 있습니다. 무력보다는 대화와 설득이, 거친 행동보다는 친절한 말이 더 많은 일들을 해냅니다.

가시나무가 부드럽길 바라지 마라

담장 위로 기어오르던 여우가 발을 헛디뎌 미끄러지고 말았습니다. 떨어지지 않으려고 버둥거리던 여우는 엉겁결에 가시나무를 붙잡았다가 발바닥에 잔뜩 가시가 박혔습니다. 따끔거리는 통증을 참을 수 없었던 여우가 가시나무에게 따졌습니다.

"이봐, 도움이 좀 필요해서 붙잡았을 뿐인데 그렇게 난폭하게 굴 것까진 없잖아?"

그러자 가시나무가 대답했습니다.

"정신 나간 녀석. 항상 찌르기만 하는 나를 붙들고서는." _여우와 가시나무

자신이 가시나무를 잡아놓고, 가시에 찔렸다고 따지는 여우. 가시나무에게 찌른다고 나무라는 것은 코끼리의 코가 길다고 나무라는 것과 같습니다. 그것은 탓하는 사람의 어리석음을 드러낼 뿐입니다.

노력하는 곳에 은총도 있다

농부가 아무런 주의 없이 진흙길을 따라 마차를 몰아 가다가 바퀴가 그만 진흙탕에 너무 깊이 박혀 버리는 바람에 말들이 멈춰 섰습니다. 그러자 그 농부는 마차를 움직이기 위해 어떤 노력도 해보지 않은 채 무릎을 꿇고 헤라클레스에게 어서 와서 도와달라고 기도하기 시작했습니다.

그러나 헤라클레스는 농부에게 어깨를 바퀴 밑에 놓으라고 하며, 하늘은 스스로 돕는 자를 도울 뿐이라고 말했습니다. __헤라클레스와 마부

도움을 청하기 전에 먼저 스스로 최선을 다해야 합니다. 자신은 아무것도 하지 않고 오직 신에게만 도와달라고 부탁을 하면, 신도 외면합니다. 자신이 먼저 최선을 다하는 모습을 보이면 신의 손길도 따라올 것입니다.

211

무지가 두려움을 낳는다

사자와 당나귀는 함께 사냥을 나가기로 했습니다. 얼마의 시간이 흐른 뒤 그들은 야생 염소들이 살고 있는 동굴에 도착했습니다. 사자는 동굴 입구에 자리를 잡고 당나귀는 안으로 들어가 발로 차고 큰 소리로 울며 혼란을 일으켰습니다. 염소에게 겁을 주어 울타리 밖으로 나가게 하려는 것이었습니다. 사자가 염소를 상당히 많이 잡았을 때 당나귀가 밖으로 나왔습니다. 당나귀는 사자가 자신이 씩씩하게 싸우고 적절한 방법으로 염소들을 쫓아냈다고 생각하고 있는지 알고 싶었습니다.

사자가 말했습니다.

"정말 그랬어. 확실히 말하지만 네가 당나귀라는 것을 알지 못했다면 나도 역시 겁을 먹었을 거야." __사자와 당나귀

염소들이 겁을 먹은 이유는 상대가 당나귀인 것을 몰랐기 때문입니다. 우리도 실체를 잘 모르기 때문에 겁을 먹을 때가 훨씬 많지 않습니까.

살아있어야 신도 도울 수 있다

어떤 부유한 아테네 사람이 배를 타고 먼 바다로 항해를 나갔습니다. 그런데 갑자기 폭풍이 몰아쳐 그가 탄 배가 전복되고 말았습니다. 다른 승객들은 살아남기 위해 안간힘을 다해 헤엄을 치기 시작했지만, 그 아테네 사람은 아테나 여신에게 온갖 약속을 내걸면서 계속 목숨만 살려달라고 기도만 했습니다. 그때 열심히 팔을 내저으며 헤엄쳐 나아가고 있던 다른 승객 하나가 그 사람 곁으로 다가와 이렇게 말했습니다.

"이보시오, 아테나 여신께 기도만 드리지 말고 빠지지 않게 빨리 팔을 저으시오." __조난자와 아테나 여신

기도만 하다 죽어 버리면 아테나 여신도 구할 수 없게 됩니다. 우선은 최선을 다해 스스로를 지키는 것이 먼저입니다. 그래야 신도 구원의 손길을 내밀 대상을 찾게 될 것입니다.

말보다 뜻을 새겨라

늘대는 먹이를 찾아 배회하다가 어떤 집을 지나게 되었습니다. 그곳에서는 한 아이가 울고 있었고, 유모는 아이를 꾸짖고 있었습니다. 늘대는 귀를 기울이고 서 있다가 그녀가 말하는 것을 들었습니다.

"지금 당장 울음을 그치지 않으면 늘대에게 줘 버릴 거야."

늘대는 그 나이 든 여인이 그녀의 말만큼이나 친절하리라 생각하면서, 또 성대한 만찬을 기대하면서 그 집 밖에서 조용히 기다렸습니다.

어느덧 날이 어두워지고 아이가 조용해지자, 아이를 쓰다듬으며 말하는 유모의 소리가 들려왔습니다.

"정말 착한 아이로구나. 이제 그 나쁜 짓만 하는 늘대가 오면 죽도록 때려 주마!"

이 말을 듣고 실망하여 마음이 상한 늘대는 이제 집으로 돌아가야 할 시간이라고 생각했습니다. 정말 아주 배가 고픈 채, 늘대는 혼잣말로 중얼거리며 계속해서 길을 갔습니다.

"이것이 다 말하는 것과 의도하는 것이 다른 사람 말을 들었기 때문에 생긴 일이다." __유모와 늘대

말은 겉으로 하는 말과 그 속에 담긴 뜻이 다를 때가 많이 있습니다. 말하는 사람의 의도를 잘 파악하는 것이 그 말의 표면적인 뜻보다 훨씬 중요합니다. 단순히 단어 자체가 아니라 말을 했을 때의 상황을 잘 파악해야 그 말의 진의를 알 수 있고 진정한 소통이 가능합니다.

믿음이 크면 분노도 크다

제비는 치안 법원 처마 밑에 둥지를 틀었습니다. 그런데 어린 새끼들이 날 수 있기도 전에 구멍에서 나온 큰 뱀이 제비 새끼들을 모두 삼켜 버렸습니다.

어미 제비는 둥지가 텅 빈 것을 보자 구슬프게 울부짖기 시작했습니다. 그러자 이웃에 사는 다른 새들도 어린 새끼를 잃었다고 말하며 어미 제비를 위로하려고 했습니다.

어미 제비가 말했습니다.

"알아요. 하지만 내가 슬퍼하는 것은 내 어린 새끼들 때문만은 아니에요. 내가 슬퍼하는 더 큰 이유는 다른 데도 아니고 상처받은 사람들이 정당한 처벌을 요구하기 위해 날아오는 법원에서 변을 당했다는 것이에요."

__법원 안의 제비

같은 일도 믿었던 곳에서 당하면 분노와 슬픔이 더 큽니다. 힘을 가진 곳일수록 더욱 약자 편에, 정의의 편에 서서 억울함이 없어야 합니다.

공격은 방심을 뚫고 들어온다

한 애꾸눈 암사슴이 바다 근처에서 풀을 뜯곤 했습니다. 애꾸눈 암사슴은 공격으로부터 자신을 보호하기 위해 사냥꾼들이 접근할 경우를 대비해 계속해서 육지 쪽에 시선을 집중시켰습니다. 반면에 보이지 않는 다른 쪽 눈은 바다를 향하게 했는데, 그쪽으로부터는 위험을 느끼지 않았기 때문입니다.

그러나 몇 명의 선원들이 배를 타고 가다가 암사슴을 보고는 배 위에서 조준을 한 후 그 사슴을 향해 총을 쏘았습니다.

사슴은 죽는 순간 탄식하며 말했습니다.

"나는 참 운도 없구나! 공격이 있을 것으로 예상했던 육지에서는 안전했지만 보호벽으로 생각한 바다에서 적을 발견하다니." _애꾸눈 암사슴

방심은 금물입니다. 늘 안전하다고 생각해서 경계하지 않으면 그 틈에서 위험이 자라납니다. 작은 균열이 둑을 무너뜨릴 수도 있습니다. 사방이 모두 안전한 곳은 없으니까요.

늑대는 양치는 개가 될 수 없다

늑대가 한 무리의 양 떼를 장시간 따라다녔습니다. 하지만 그들을 공격하려는 시도는 보이지 않았습니다. 목동은 이를 수상쩍게 여기며 한동안은 경계를 했습니다. 양에게는 늑대가 공공연한 적이라는 것을 잘 알고 있었기 때문입니다.

그런데 그 늑대가 날마다 양 떼 옆에 가까이 머물러 있으면서도 어느 한 마리도 해치지 않자, 목동은 늑대를 적이라기보다는 친구로 인정하기 시작했습니다.

그러던 어느 날 마을에 가야 할 일이 있자, 목동은 양들을 늑대의 보호 아래 맡겨 두기로 했습니다. 목동이 떠나고 얼마 후 늑대는 양 떼를 덮쳐 먹어 버렸습니다.

마을에서 돌아와서 양 떼가 전멸한 것을 보자 목동은 큰 소리로 외쳤습니다.

"난 정말 바보야. 이것은 간악한 늑대를 믿고 양들을 맡긴 대가야." _늑대와 목동

사람이든 동물이든 본성은 바뀌지 않습니다. 나를 이용하려는 사람일수록 나를 안심시키는 말이나 듣기 좋은 말만 하게 마련입니다. 나에게 잘 보이기 위해 꾸며내는 아첨에 넘어가면 모든 것을 잃게 됩니다. 듣기 좋은 말보다 그 사람의 됨됨이를 볼 줄 알아야 합니다.

혼자만 살려다 먼저 죽는다

매를 길들이는 어떤 사람이 그물에 걸린 꿩을 잡았습니다. 그러자 그 꿩은 슬프게 소리쳤습니다.

"저를 놓아 주세요. 착한 아저씨. 그러면 제가 미끼 새가 되어 다른 꿩들을 당신의 그물로 유인해 올게요."

그 사람이 대꾸했습니다.

"안 돼. 너를 이용해서 무언가를 할 수 있을지도 모르지만 지금은 너를 놓아 주지 않을 거야. 자신의 목숨을 구하기 위해 친구들을 배신하려는 자는 죽음보다 더한 벌을 받아 마땅해." __매 길들이는 사람과 꿩

꿩이 살기 위해 친구들을 팔겠다는 제안을 하지만 오히려 죽음을 더욱 재촉하고 맙니다. 그렇습니다. 자신이 살기 위해 다른 이들을 배신하는 것은 옳지 않습니다. 사냥꾼이 놓아 주면 그 약속마저 배신하고 도망치고 말았을지도 모르지만 말이지요.

변화가 새로운 것을 만든다

사냥꾼은 사냥한 고기를 들고 산에서 내려오다 집으로 돌아가는 어부를 만났습니다. 어부는 물고기가 가득한 바구니를 들고 있었습니다. 사냥꾼은 생선을 너무나 좋아했기 때문에 저녁 식사로 그것을 먹고 싶었습니다. 반면에 어부는 사냥한 고기로 식사를 하고 싶었습니다. 그래서 그들은 잡은 물건을 바꾸기로 했고, 그 후로도 계속 그렇게 했습니다. 그러자 한 이웃 사람이 그들에게 말했습니다.

"당신들이 잡은 것을 그렇게 계속해서 바꾼다면 얼마 안 가 즐거움을 잃어버리게 될 것이오. 그리고 자기가 잡은 것만을 가지고 싶어 하게 될 거요." __사냥꾼과 어부

무엇이든 쉽게 얻으면 더이상 노력하지 않게 되고 금방 싫증을 느낍니다. 다양한 방법으로 시도해서 새로운 것을 얻을 수 있을 때 기쁨도 느끼고 발전하게 됩니다.

환경이 다르면 싸움도 달라진다

해안가를 따라 배회하던 사자는 햇볕을 쬐는 돌고래를 발견했습니다. 사자는 돌고래에게 다가가 서로 동맹을 맺자고 제안을 했습니다.

사자가 말했습니다.

"나는 짐승들의 왕이고, 너는 바다에 살고 있는 모든 것들에 위엄 있는 지배자니까, 가능하다면 우리는 위대한 친구로서 서로 연합해야 해."

돌고래는 이 제안을 흔쾌히 받아들였습니다. 이후 어느 날 사자는 야생 소와 한바탕 싸움을 벌이고 있었습니다. 그때 사자는 돌고래와 한 약속을 믿고, 돌고래를 불렀습니다. 돌고래는 사자를 도울 준비가 되어 있었지만 자신이 동맹군을 돕기 위해 밖으로 나갈 수가 없음을 알게 되었습니다. 그러자 사자는 그를 배신자라고 불렀습니다. 돌고래가 대꾸했습니다.

"나를 비난하지 마. 다만 내 선천적인 조건을 한탄하라고. 내가 바다에서는 아무리 강하다 해도 선천적으로 육지에서는 아무 힘도 쓸 수 없단 말이야." __사자와 돌고래

돌고래는 사자를 배신한 것이 아니라 애초에 그 둘의 동맹이 잘못된 것이었습니다. 문제 자체가 어디에 있었는지를 제대로 알아야 다음에 같은 실수를 하지 않습니다. 단순히 한 가지 조건만 보고 중요한 결정을 하는 것은 아주 경솔한 행동입니다.

전문가에게 속기가 더 쉽다

한 환자가 의사에게 증세가 어떠냐는 질문을 받았습니다. 그 사람은 심하게 땀을 흘린다고 대답했습니다. 의사가 말했습니다.

"그것은 괜찮아요."

그 후 또 한번 의사는 그 사람에게 어떠냐고 물었습니다. 그 환자는 한기 증세가 너무 심해서 온몸이 흔들릴 정도라고 말했습니다.

"그것도 괜찮아요."

그런 다음 의사는 그 환자를 세 번째로 방문했고 상태를 물었습니다. 그 남자는 설사를 했다고 대답했습니다.

"그것도 역시 괜찮아요."

의사는 이렇게 말하며 가던 길을 가버렸습니다. 그 후 부모가 문병을 와서는 그에게 좀 어떠냐고 물었습니다. 환자가 말했습니다.

"저는 좋은 증세를 보이며 죽어 가고 있어요." __병든 사람과 의사

'수술은 잘됐는데 환자는 죽었다'는 말이 있습니다. 의료 과실은 증명하기가 어렵기 때문에 환자가 일방적인 피해를 보기 쉽습니다. 몸은 평소에 자기 스스로 잘 관리하는 것이 제일 안전하고 건강하게 사는 길입니다.

나에겐 놀이 남에겐 희생

몇 명의 소년들이 연못가에서 놀다가 연못 속의 개구리들을 보고 재미로 돌을 던지기 시작했습니다. 소년들이 던진 돌에 개구리들이 맞아서 죽게 되자 한 개구리가 물 밖으로 얼굴을 내밀고 그들에게 외쳤습니다. "이제 잔인한 놀이를 그만두렴, 얘들아! 너희가 놀이라고 생각하는 것이 우리에게는 죽음이 된단 말이야." __소년과 개구리

그렇습니다. 소년들은 장난을 친 것이지만 개구리들은 목숨을 잃습니다. 단순히 즐거움이나 한순간의 기분 때문에 다른 이들에게 치명적인 피해를 줄 수 있다는 걸 늘 명심해야 합니다. 이렇게 해서 가해자가 되면 그 대가가 반드시 자신에게 돌아가게 될 것입니다.

죽음 앞에선 짐을 지는 것도 행복

━━━✦━━━

나무를 한짐 지고 길을 가는 노인이 있었습니다. 그는 몸이 너무 약해서 땅위에 짐을 던져 놓았습니다. 그리고는 지금의 비참한 생활에서 자신을 구원해 줄 죽음에 의존했습니다. 죽음은 곧장 그의 옆으로 와서는 무엇을 원하는지를 물었습니다. 노인이 대답했습니다.

"착하신 나으리, 부탁입니다. 저에게 은혜를 베푸셔서 제 짐을 다시 들어올릴 수 있게 도와주십시오." __노인과 죽음

🌾 죽음이 닥쳤다고 생각하면 이전에 힘들고 어렵다고 생각했던 것들이 얼마나 소중하고 행복한 것인지 알게 됩니다. 그래서 현재의 삶을 지속할 수 있기만을 바라게 됩니다.

피를 보고 나서야 움직인다

두루미 몇 마리가 한 농부의 들에 정착하게 되었습니다. 그 곳은 최근에 씨 뿌리기를 한 곳이어서 두루미들은 먹이 밭으로 정했습니다.

농부는 얼마 동안 빈 고무줄 새총을 가지고 그들을 겁줘 쫓아 보내려고 했습니다. 그러나 농부가 단지 새총 쏘는 시늉만 한다는 것을 알게 된 두루미들은 더 이상 농부를 무서워하지 않았고 멀리 날아가려고 하지도 않았습니다. 그러자 농부는 돌을 줄에 매달아 던졌고 상당수의 새들이 죽었습니다. 그렇게 되자 남은 두루미들은 하늘로 날아오르면서 서로에게 큰 소리로 외쳤습니다.

"이제 떠날 때가 된 것 같아. 이 사람은 우리를 위협하는 게 아니야. 그는 정말로 우리를 죽이려고 해." __농부와 두루미

경고가 오면 재빨리 대처할 줄 알아야 살아남습니다. 당한 다음에 움직이면 이미 때가 늦은 것입니다.

228

죽기 전에 처방하라

한 의사가 오랫동안 환자를 돌보고 있었는데, 그 환자가 치료를 받는 중에 죽어 버렸습니다. 의사는 장례식에서 그 친척들에게 말했습니다.

"우리 불쌍한 친구가 포도주 마시기만 조금 절제하고 그의 몸을 돌봤더라면 이곳에 누워 있지는 않았을 것입니다."

그러자 조문객 중 한 사람이 나서며 말했습니다.

"친애하는 의사 선생님, 당신의 그 말은 지금 아무 소용이 없어요. 당신 환자가 살아 있을 때 그런 처방들을 했어야죠." __의사와 환자

타이밍이라는 것이 있습니다. 무슨 일을 할 때 제때 시간을 맞추는 것을 뜻합니다. 타이밍이 맞지 않으면 좋은 일도 실패로 끝날 수 있습니다. 미리 준비하고 적기에 일을 시행하려면 언제나 유연한 마음과 열린 자세가 있어야 합니다.

독수리 깃털로 독수리를 잡는다

﹏﹏✦﹏﹏

한 사수가 독수리를 겨냥해 그의 심장을 맞혔습니다. 독수리가 죽어 가는 고통스러운 순간 머리를 들어올렸을 때, 화살에 자신의 깃털이 달려 있는 것을 보았습니다. 독수리가 작게 중얼거렸습니다.

"내 스스로 제공한 무기에 다친 상처는 훨씬 더 고통스럽구나." __독수리와 화살

🌿 사람들은 화살에 새의 깃털을 달기도 하지요. 독수리는 자신의 깃털이 달린 화살에 맞아 죽어가고 있습니다. 때로는 사람들도 자신이 모르는 사이에 자신들이 문제의 원인을 제공하고 그로 인해 상처를 입거나 멸망하게 되기도 합니다.

한 사람의 말이 만인을 선동한다

⚬⟋⟍⟍⟍⟍⟍⟍⟍

자기 군대의 군인들을 용감하게 이끌던 나팔수가 전투에서 포로가 되었습니다. 그는 그를 잡은 적군에게 싹싹 빌며 자비를 구했습니다. 나팔수가 외쳤습니다.

"나으리, 제발 살려 주세요. 간곡히 부탁드립니다. 저를 죽이실 이유가 전혀 없습니다. 저는 아무도 죽인 적이 없고 어떤 무기도 가지고 다닌 적이 없습니다. 제가 가지고 있는 거라곤 이 나팔뿐입니다."

그를 잡은 적군이 말했습니다.

"하지만 바로 그것이 네가 죽어야 하는 이유다. 비록 너 자신은 싸우지 않았다 해도 너의 나팔은 병사들을 선동하여 싸우다 죽겠다는 충성심을 심어 준다." __포로가 된 나팔수

🌱 칼보다 선동하는 입이 더 강한 무기가 될 수 있습니다. 그런 만큼 말을 조심하고 무슨 말이든 제대로 때에 맞게 하는 것이 중요합니다.

죽으면서도 적을 이롭게 하지 않는다

늘대에게 쫓기던 양이 한 사원에 숨어 들었습니다. 늑대가 큰 소리로 말했습니다.

"사제에게 잡히면 무참하게 죽임을 당할 것이야."

그러자 양이 대답을 했습니다.

"아무쪼록 그렇게 되길 바라겠어. 너에게 잡혀 먹히는 것보다 사원에서 희생양이 되는 편이 낳겠어." __양과 늑대

결과가 같더라도 기왕이면 좋은 동기나 명분을 가지고 하면 평가가 달라집니다. 같은 행동이라도 의미를 가지고 하는 것이 중요합니다.

빈대 잡자고 초가삼간 태운다

배고픔에 굶주린 몇 마리의 개들이 피혁상이 시냇물 바닥에 떨어뜨리고 간 소가죽을 발견하고는 그것을 차지하려고 필사적으로 싸웠습니다. 그런데 그것을 건져낼 수 없자 그들은 소가죽을 담고 있는 시냇물을 다 마셔 버리기로 결심했습니다. 불행히도 그들은 그 가죽에 가까이 가기도 전에 물을 마시다 결국 배가 터져 죽고 말았습니다. __개와 가죽

피혁 한 장을 갖겠다고 시냇물을 다 마셔 버릴 생각을 하는 개들이 무척 어리석어 보입니다. 빈대 잡겠다고 초가삼간 태우는 거나 마찬가지입니다. 하지만 그런 무모함이 우리에겐 없는지 살펴볼 일입니다. 한 가지에 집중된 편협함은 전체를 보는 눈을 잃게 하기 때문입니다.

과신하면 오히려 허술해진다

원숭이는 동물들의 회의에서 춤을 추다가 그들의 신임을 얻게 되었고, 곧 왕으로 뽑히게 되었습니다. 여우는 질투가 났습니다. 그래서 어느 날 덫에 놓인 고깃덩어리를 발견하고는 원숭이를 그곳으로 데려갔습니다. 하지만 원숭이는 덥석 그것을 차지하기보단 그것을 소유하는 것이 왕의 특권이라도 되는 것처럼 경계를 서고 있었습니다. 그러자 여우가 원숭이에게 그 고기를 권했습니다. 마침내 원숭이가 고깃덩어리에 접근하는 순간 덫에 걸려들었습니다. 원숭이가 여우에게 자신을 덫으로 끌어들였다며 비난하자 여우가 말했습니다.

"원숭아, 너는 모든 동물들을 지배하고 싶어하지만 한번 보렴, 네가 얼마나 어리석은지를 말야!" __여우와 왕이 된 원숭이

여우의 질투심이 원숭이를 위험에 빠뜨리고 말았네요. 여우의 행동은 잘못된 것이지만, 한 가지 재주로 모두를 지배할 수 있다고 생각해서도 안됩니다. 자신을 과신하면 함정에 빠지기 쉽습니다.

남의 눈엔 티, 내 눈엔 들보

—⟨⟨⟩⟩—

옛말에 따르면 모든 사람은 자기 목에 두 개의 가방을 걸고 세상에 태어난다고 합니다. 하나는 앞쪽에 다른 하나는 뒤에 있는데, 둘은 결점들로 가득 차 있습니다. 하지만 앞에 있는 가방에는 자기 이웃의 결점들이, 뒤쪽에 있는 가방에는 자신의 결점들이 들어 있습니다. 따라서 사람은 자신의 결점은 보지 못하지만 이웃의 결점들은 결코 놓치지 않습니다. __두 개의 가방

남의 결점이 눈에 거슬린다면 자신을 한번 돌아보세요. 눈에 띄는 결점이 크게 보일수록 자기 모습을 닮아 있을 수 있습니다. 남에게는 결점을 지적하기보다 칭찬을 많이 해주는 게 결점을 고치는 데도 더 좋습니다.

지나간 일에 화내지 마라

한 남자가 바닷가에 앉아서 해안으로 몰려드는 파도를 세다가 숫자가 헷갈려 화를 냈습니다. 그때 영리한 여우가 다가와서 이렇게 말했습니다.

"다 지나간 파도에 대해 화를 내면 무슨 소용이 있어요? 이전 것은 잊어버리고 다시 세면 되잖아요!" __여우와 파도를 세는 남자

지나간 일은 지나간 일일 뿐입니다. 지난 일 때문에 화를 내는 건 자신만 불태우는 것입니다. 아니 애초에 파도를 세는 것 자체가 무익한 것입니다. 지금 자신이 하고 있는 일이 어떤 의미가 있는지 살펴보십시오. 어쩌면 자신도 모르게 파도를 세고 있는지도 모릅니다.

추측이 화를 부른다

옛날에 어떤 사람이 흑인 노예 한 명을 데려왔는데, 그 노예의 피부가 까만 것은 이전 주인을 잘 섬기지 않았기 때문이라고 추측했습니다. 그는 그 흑인을 집에 데려오자마자 각종 목욕 도구와 수세미, 비누 그리고 사포 등을 꺼내 놓고 하인들과 함께 그 흑인을 다시 하얗게 씻기 위한 작업을 했습니다.

그들은 여러 시간 동안 그를 물속에 담그고 밀었지만 허사였습니다. 그의 피부는 여전히 검은색 그대로였고, 불쌍한 노예는 그들이 씻고 문지르는 동안 감기에 걸려 거의 죽어 있었습니다. __흑인

잘 알지 못하면서 무조건 자기 생각만을 맹신한다면, 흑인을 죽게 만든 주인과 같이 무고한 사람을 죽게 만들 수 있습니다. 어떤 일이든 추측으로 단정하지 말고 제대로 알아보고 나서 결정하고 행동해도 늦지 않습니다.

도망치는 맹수의 뒤를 쫓지 마라

당나귀와 수탉은 한 농가에서 살고 있었습니다. 하루는 배고픈 사자가 당나귀를 보자 잡아먹어야겠다고 마음먹었습니다. 그런데 그들이 닭이 우는 소리만큼 사자를 분통 터지게 만드는 일도 없을 거라고 말하는 것이었습니다. 그 순간 수탉이 울음을 울자 사자는 있는 힘을 다해 도망쳤습니다.

사자가 단지 닭 때문에 벌벌 떤다는 생각에 상당히 재미있어진 당나귀는 용기를 내어 사자를 쫓아갔습니다. 그리고 자신이 백수의 왕을 농가 밖으로 쫓아내고 있다는 사실에 우쭐해짐을 느꼈습니다. 하지만 당나귀는 그리 멀리 가지 못했습니다. 사자가 날카롭게 돌아보더니 단 몇 초 만에 그를 다진 고기로 만들어 버렸기 때문입니다. ＿당나귀와 수탉 그리고 사자

어리석은 당나귀지요. 남이 한 일을 자신의 공로처럼 생각하고 뻐기면 어리석은 당나귀 꼴이 되기 쉽습니다. 수탉이 무서워서가 아니라 그 울음소리가 사람들을 깨울까봐 두려워 도망간다는 것을 알았다면 당나귀가 사자를 쫓아가진 않았겠지요.

제 집 안에서는
사자도 만만하게 보인다

어느 날 사자가 농장으로 들어오자 농부는 문을 닫아 그를 잡으려 했습니다. 사자는 밖으로 나올 수 없다는 것을 알게 되자, 바로 양과 소들을 공격하기 시작했습니다. 그러자 이제는 자신의 목숨마저도 위협을 느낀 농부가 농장 문을 열었고 사자는 있는 힘껏 도망쳤습니다. 모든 광경을 지켜보던 농부의 아내는 남편이 소를 잃은 것에 슬퍼하자 큰 소리로 말했습니다.

"당신은 그래도 싸요. 어떻게 사자 잡을 생각을 할 정도로 정신이 나갈 수 있어요? 보통때 당신이 멀리서 사자를 봤다면 그 사자가 더 멀리 가기를 바랐을 거예요." _농부와 사자

자기 울타리 안에 들어온 것이라도 자신이 다룰 수 없으면 나가도록 놓아주어야 합니다. 괜한 욕심을 부리면 집안이 풍비박산이 나고 애초에 갖고 있던 것까지 빼앗기게 됩니다.

허기지다고 독을 삼키랴

살무사 한 마리가 대장간에 들어가 무엇인가 먹을 것을 찾아 둘러보기 시작했습니다. 마침내 줄톱을 발견한 살무사는 가까이 다가가 조금씩 씹기 시작했습니다. 그때 줄톱은 살무사에게 멈추라고 경고했습니다. 줄톱이 말했습니다.

"넌 나한테서 별로 얻어 갈 게 없을 것 같구나. 다른 것을 물어뜯는 일이 내 특기기 때문이야." __살무사와 줄톱

눈에 보이는 것이 전부가 아닙니다. 배가 고프다고 톱날을 덥석 물었다가는 날카로운 날에 베어 곧 죽고 말 것입니다. 움직이지 않는다고 이빨이 없는 게 아닙니다. 당장 급하다고 바로 앞에 보이는 것이 손을 대면 문제를 오히려 키우게 될 것입니다.

힘이 있어야 평화가 유지된다

늘대들은 양에게 미래를 위해서 그들 사이에 평화협정을 맺자며 사신을 보냈습니다. 사신으로 보내진 늑대가 말했습니다.

"왜 우리가 그토록 격렬한 분쟁을 계속해야 하는가? 개들이 그 모든 것의 원인이다. 그들은 끊임없이 우리를 향해 짖어대고 우리를 화나게 한다. 그들을 멀리 보내 버려라. 그러면 우리 사이의 영원한 우정과 평화에 대한 어떤 방해물도 없을 것이다."

그러자 어리석은 양들은 그 말에 솔깃해서 개들을 해고해 버렸습니다. 결국 양들은 최고의 보호자를 몰아낸 셈이었고, 손쉽게 신의 없는 늑대의 먹이가 되었습니다. __늑대들과 양들

평화를 위해선 적과 대등한 방어망이 있어야 합니다. 양들은 늑대의 꼬임에 빠져 자신들을 지켜주던 방어망을 헌신짝처럼 버립니다. 적의 달콤한 말에 속아선 안됩니다. 평화를 위해선 스스로를 지키는 힘이 필요한 것입니다.

작은 것으로 다투다 큰것을 잃는다

어느 뜨거운 여름날, 한 나그네가 아테네에서 메가라까지 타고 가기 위해 당나귀를 빌렸습니다. 정오쯤엔 태양의 열기가 너무나 뜨거웠습니다. 그래서 나그네는 내려서 당나귀의 그림자 밑에서 쉬고 싶었습니다. 그런데 당나귀의 마부는 자신도 그 그림자에 대한 똑같은 권리가 있다고 소리치며 역시 그곳에 앉고 싶어 했습니다. 그러자 나그네가 외쳤습니다.

"뭐라고요! 내가 길을 가는 동안 사용하려고 그 당나귀를 빌리지 않았습니까?"

마부가 대꾸했습니다.

"그래요. 당신이 당나귀를 빌렸지만 당나귀의 그림자는 빌리지 않았습니다."

그들이 그렇게 서로 싸우는 동안 당나귀는 부리나케 달려 도망가 버렸습니다. __당나귀와 그림자

조금씩 양보하면 해결될 일을 서로 고집을 부리는 바람에 당나귀만 놓쳤습니다. 당나귀가 없는데 그림자가 어디서 생기겠습니까.

이기려고만 하면 싸움이 커진다

어느 날 헤라클레스가 좁다란 산길을 가다가 땅 위에 놓인 사과처럼 보이는 물체를 보고는 방망이로 내리쳤습니다. 그러자 그 물체는 두 배로 커졌습니다. 헤라클레스는 다시 전보다 더 세게 방망이로 내리쳤습니다. 그러자 그 물체는 헤라클레스의 길을 막을 정도로 커지고 말았습니다. 헤라클레스가 아연실색하여 방망이를 내동댕이치고 서 있는데, 아테나 여신이 다가와서 이렇게 말했습니다.

"헤라클레스여, 놀라지 말라. 이 물건의 이름은 투쟁과 갈등이란다. 가만 놓아 두면 별 것 아니지만 대항해서 싸우면 주체할 수 없을 정도로 커져버리게 되느니라." __헤라클레스와 아테나 여신

싸워서 결판을 내는 것만이 능사는 아닙니다. 가만히 둔 채로 평화로운 공존이 가능하다면 상대를 꺾으려고만 하지 말고 그대로 두는 것이 더 낫습니다.

높은 곳에 오를수록 표적이 된다

생쥐와 족제비는 오랫동안 싸워 왔습니다. 생쥐들은 계속 싸움에서 불리한 위치에 놓이게 되자 중대 회의를 열었습니다. 거기에서 그들은 패배의 원인이 원칙의 부재 때문이라는 데에 의견을 모았습니다. 그래서 그들은 장래에 대비해서 정식 사령관을 뽑기로 결정했습니다. 그들은 용감한 생쥐들을 사령관으로 선택했습니다.

새로운 사령관들은 그들의 지위를 자랑스럽게 여겨 다른 생쥐들과 구별되고 싶었습니다. 그래서 그들은 이마에 일종의 투구 장식과 뿔을 붙였습니다.

이런 일이 있은 뒤 얼마 되지 않아서, 족제비와의 전투가 재개 되었습니다. 전과 다름없이 생쥐들은 곧 쫓기게 되었습니다. 일반 생쥐들은 자기들 구멍으로 달아났지만 사령관들은 입구에 뿔이 걸려서 들어갈 수 없었고 모두 잡아먹혀 버렸습니다. __생쥐들과 족제비

평범한 것과 구별되면 빛도 나겠지만 꺾어야 할 표적이 되기도 쉽습니다. 외형으로 구별되기보다 능력으로 대접받는 것이 현명합니다.

이길 수 없으면 화해하라

개들과 늑대들 사이에 전쟁이 벌어졌습니다. 개들은 전략회의를 열어 아카이아 출신의 개를 새 사령관으로 뽑았습니다. 사령관은 전술의 전문가였는데도 시간을 질질 끌며 기다렸습니다. 몇몇 개들이 무섭게 으르며 이쪽에서 먼저 선공을 가하자고 하자 사령관이 말했습니다.

"시간을 끌며 조심스럽게 행동할 이유가 있어! 미래를 예측하면서 계획을 세워야지. 내가 보기에 적들은 같은 핏줄을 가진 늑대들이란 말이야. 하지만 우리는 크레테 출신, 몰로시아 출신, 아르카나 출신, 돌로피아 출신, 사이프러스 출신, 트라키아 출신 등등 제각기 다르지 않은가. 게다가 늑대들처럼 털 빛깔이 한 가지 색도 아니고. 어떤 개들은 검고, 어떤 이들은 회색, 흰점박이, 붉은색, 흰색, 이렇게 통일성이 없는 군대로 모든 면에서 하나로 통일된 적과 맞서 승리를 얻을 수 있겠나?" __개들의 사령관

단체가 움직일 때는 개성보다 화합이 중요합니다. 뛰어난 사람들을 모아 놓았다고 해서 통일된 힘을 발휘할 수 있는 것이 아닙니다.

모두의 친구는
아무의 친구도 아니다

옛날 옛날에 새와 짐승 사이에 격렬한 싸움이 있었습니다. 싸우는 얼마 동안은 전쟁의 결과가 명확하지 않았습니다. 그래서 박쥐는 자신의 양면적 성격을 이용해 싸움에 참여하지 않고 중립을 지켰습니다. 그런데 짐승 쪽이 우세한 것으로 나타나자 그들에게 합류하여 전쟁터에 나가 활약했습니다. 그러나 새들이 전세를 뒤집어 승리하자 박쥐는 최종 승자가 된 새들 편에서 나타났습니다.

평화협정이 체결된 후 박쥐의 행위는 양쪽 편 모두에게서 비난을 받았습니다. 어느 편에서도 인정받지 못하고 평화협정 조항에서도 제외되었기 때문에 그는 어쩔 수 없이 남의 눈을 피해 다녀야 했습니다. 그때 이후로 박쥐는 어둡고 누추한 곳에서 살아왔기 때문에 해질 무렵의 어스름할 때를 제외하고는 좀처럼 얼굴을 보이려 하지 않았습니다. __새와 짐승 그리고 박쥐

양쪽으로 왔다갔다 해서는 양쪽 어느 편에서도 보호해 주지 않습니다. 옳다고 믿는 편에 서야 합니다.

싸우는 목적을 잊지 마라

───◈───

　　사자와 곰이 어린 사슴을 놓고 오랫동안 맹렬한 싸움을 벌였습니다. 그 싸움은 똑같이 너무 힘이 들었기 때문에 결국엔 둘 다 반 죽은 듯이 땅 위에 쓰러졌습니다. 그들은 앞에 쓰러져 있는 노획물을 건드릴 힘조차 없었습니다. 멀리서 몇 번씩이나 그들 주위를 맴돌던 여우가 그들이 힘이 빠진 걸 보고는 그 사슴을 물고 냉큼 달아나 버렸습니다. 사자와 곰이 소리쳤습니다.

　　"우린 정말 비참한 존재야! 우리가 서로를 쓰러뜨리고는 결국엔 여우에게 저녁식사를 내주고 말았구나!" __사자와 곰 그리고 여우

　　사자와 곰 싸움에 여우만 횡재를 했네요. 서로의 이익을 위해 양보 없이 싸우면 곧 만신창이가 되어 버립니다. 합리적인 분배를 하는 것이 피해와 손해를 줄이는 현명한 방법입니다. 싸우기에 바빠 싸우는 목적을 잊으면 결국 싸우기만 하다 죽게 됩니다.

폭풍이 불면 몸을 낮춰라

폭풍우에 뿌리가 뽑힌 한 참나무가 강을 따라 떠내려가다 갈대들이 우거져 있는 강둑까지 갔습니다. 참나무는 자신처럼 크고 강한 나무들도 뿌리가 뽑히는데 아주 가늘고 약한 것들이 폭풍우를 견뎌낸 것을 보고 무척 놀랐습니다.

그 모습을 보고 갈대가 말했습니다.

"그건 그다지 놀라운 일이 아니에요. 당신은 폭풍우에 대항해서 싸웠기 때문에 쓰러진 거예요. 반면에 우리는 불어오는 아주 약한 바람에도 항복하고 등을 구부렸기 때문에 살아남은 것이지요." __참나무와 갈대

강하면 부러지고 맙니다. 또는 뿌리째 뽑혀 버리기도 하지요. 살다 보면 갈대처럼 유연성을 발휘하는 것이 좋을 때도 있습니다. 유연성도 세상을 사는 하나의 처세술입니다.

자존심과 허세를 구분하라

돌고래와 고래는 서로 전쟁을 하고 있었습니다. 전투가 한창 격렬할 때 청어가 끼여들어 그들을 갈라놓으려고 했습니다. 그러자 한 돌고래가 소리쳤습니다.

"우리를 그냥 놔 둬! 네 도움으로 화해하느니 차라리 싸우다 죽는 편을 택하겠어." _돌고래와 청어

중재를 잘하는 것도 능력이고 지혜입니다. 상대방의 자존심을 건드리지 않으면서 양쪽에서 서로 인정하는 사람이 나서야만 중재가 원만히 이루어질 수 있습니다.

화장으로 본능을 감출 수 없다

옛날에 젊은 남자를 사랑하게 된 고양이가 있었습니다. 그 고양이는 그 남자의 사랑을 얻고 싶은 마음에 아프로디테에게 기도했습니다.

"아프로디테시여! 저를 아름다운 소녀로 바꿔 주십시오."

아프로디테는 그 고양이를 가엾이 여겨 예쁜 소녀로 변신시켜 주었습니다. 그 결과 젊은 남자는 그 아름다운 여성을 사랑하게 되었고 마침내 그녀를 신부로 맞아 집으로 데려왔습니다.

그들이 방에 앉아 있을 때였습니다. 아프로디테는 고양이의 외모를 바꿔 줌으로써 고양이의 습성까지도 바뀌었는지 알고 싶었습니다. 그래서 아프로디테는 그녀 앞에 생쥐 한 마리를 내려놓았습니다. 자신이 인간임을 망각한 그 소녀는 즉석에서 예전에 그것을 먹어 왔던 것처럼 의자에서 뛰어내려 생쥐에게 덤벼들었습니다. 그런 끔찍한 행동에 당황한 아프로디테는 그 즉시 소녀를 고양이로 다시 되돌려놓았습니다. __아프로디테와 고양이 본성은 쉽사리 변하지 않습니다. 외모가 바뀐다고 본성이 자동적으로 따라 바뀌지 않습니다. 사람은 자기 본성대로 살아가야 합니다. 다만 더 선하고 더 아름답게 가꾸면서 살아가는 것, 그것이 더 나은 삶을 살 수 있는 방법입니다.

누구나 늙는다

늙은 사냥개는 그의 주인을 위해 들판에서 아주 열심히 봉사했습니다. 그러나 수년 동안 온 힘을 다 써 버렸기 때문에 지금은 많은 어려움이 있었습니다.

어느 날, 그의 주인과 밖에서 사냥을 하다가 멧돼지와 맞닥뜨리게 되었습니다. 사냥개는 용감하게 그 짐승의 귀를 물었지만, 그만 이빨이 빠지는 바람에 멧돼지가 도망쳐 버렸습니다.

주인은 그 현장으로 급히 달려와 사냥개를 심하게 꾸짖으며 때리기 시작했습니다. 그 노쇠한 사냥개가 고개를 들어 주인에게 뭐라고 말하자, 비로소 주인은 때리는 것을 멈췄습니다.

"당신의 늙은 종을 용서해 주십시오. 사랑하는 주인님! 당신은 너무나 잘 알고 계십니다. 저의 용기나 의지가 없는 것이 아니라 단지 저의 힘과 이빨이 없다는 것을. 그리고 그것들을 당신에게 헌신하는 동안 잃었다는 것도요." _늙은 사냥개

늙은 사냥개의 말이 가슴을 때리네요. 그렇지요. 주인을 위해 그동안 얼마나 열심히 사냥을 했을까요. 힘이 있을 때 열심히 부려먹다가 힘이 빠지면 무능하다고 버리는 게 세태가 되어 버렸습니다. 하지만 언젠가는 자신도 그런 날이 온다는 것을 알아야 합니다. 열심히 일한 만큼 대접받는 사회가 되어야 합니다.

두 아내를 모두 만족시킬 순 없다

옛날 한 남자가 한 사람 이상의 아내를 둘 수 있도록 허용된 시절이 있었습니다. 그때 젊다고 볼 수도 없고 늙었다고 볼 수도 없는 중년의 총각이 있었습니다. 그의 머리는 이제 흰머리가 나기 시작했는데, 두명의 여자와 동시에 사랑에 빠져 그들 모두와 결혼했습니다. 한 아내는 젊고 활발한 성격으로 그녀의 남편이 젊어 보이길 원했고, 반면에 다른 아내는 좀 더 나이가 들었고 그녀의 남편이 자신과 비슷한 나이로 보이는 것을 희망했습니다. 그래서 젊은 아내는 기회만 있으면 남편의 흰머리를 뽑아냈고, 더 나이가 든 아내는 검은 머리카락을 열심히 뽑아냈습니다.

한동안 그 사내는 아내들의 관심과 헌신에 매우 만족해했습니다. 어느 날 아침, 두 아내 덕분에 그의 머리에 머리카락이 하나도 남아 있지 않다는 것을 발견할 때까지는. __사내와 두 아내

🌱 두 마리의 토끼는 잡기 어렵고 서로 반대되는 의견을 양쪽 다 만족시킬 수는 없습니다. 하나를 얻으려면 한쪽은 과감히 포기하고 하나의 즐거움을 더 크게 하는 것이 현명합니다.

말보다 행동을 보라

—◦◦—

　　지도자로 뽑힌 늑대 한 마리가 늑대들을 한자리에 모아놓고 새로운 법안을 선포했습니다.

　　"앞으로는 모두 함께 사냥을 하고, 사냥해서 얻은 것은 모두 균등하게 나눈다."

　　때마침 지나가던 당나귀가 그것을 보고 이렇게 말했습니다.

　　"내 생각하기에 지금까지 당신들이 만든 법안 중에서 가장 훌륭한 것 같군. 그런데 어제 보니까 당신 굴에 사냥한 새를 감추던데, 먼저 그것부터 나누어야 하지 않겠소."

　　당나귀에게 망신을 당한 늑대는 새로운 법을 당장 폐지하고 말았습니다. _늑대와 당나귀

　　자기는 지키지 않으면서 다른 사람들에게 지키라고 한다면 누가 그 말을 따르겠습니까? 두 얼굴의 지도자는 결국 백성들 손에 퇴출되고 맙니다. 누군가는 그의 두 얼굴을 보고 있기 때문입니다.

사랑은 맹수의 이빨도 녹인다

옛날 옛날에 한 사자가 나무꾼의 딸을 사랑하게 되어 그녀와 결혼시켜 줄 것을 요구했습니다. 그 나무꾼은 이 요구가 썩 내키지 않았습니다. 그래서 그렇게 위험한 결연 관계를 맺는 영광을 거절했습니다.

사자가 불쾌감을 드러내 보이며 그 불쌍한 나무꾼을 협박해오자, 나무꾼은 그렇게 무시무시한 짐승이 쉽게 거절당하지만은 않을 것임을 깨닫고 기발한 방법을 생각해냈습니다. 나무꾼이 말했습니다.

"나는 당신의 청혼이 상당히 기쁩니다. 그러나 고귀하신 분이시여! 당신은 굉장한 치아를 가지고 있으며 엄청난 발톱을 가지고 있습니다. 그처럼 무시무시한 무기들을 보고도 놀라지 않을 처녀가 어디 있겠습니까? 제 딸에게 어울리는 신랑이 되기 전에 먼저 당신의 치아를 빼놓고 발톱은 깎아야만 합니다."

사자는 이러한 조건들을 즉시 받아들였습니다. 치아를 빼고 발톱을 깎은 뒤 그 아버지에게 자신을 사위로 받아달라고 부탁했습니다. 하지만 무기를 다 빼버린 무기력한 폭군을 더 이상 두려워하지 않게 된 그 나무꾼은 튼튼한 몽둥이를 집어 들고 그 어리석은 사자를 집 밖으로 쫓아내 버

렸습니다. __사랑에 빠진 사자

🌿 사랑은 아름다운 것입니다. 하지만 사랑에 눈이 멀면 이성적인 생각을 할 수가 없게 됩니다. 사자에게는 안된 말이지만 나무꾼의 지혜는 높이 살 만 합니다.

어리석은 백성이 강한 리더를 원한다

아주 오래전, 호수와 연못에서 자유롭고 안락한 생활을 누리며 살던 개구리들이 있었습니다. 그런데 그 개구리들은 불만을 가지고 있었습니다. 모두 자기 마음대로 살면서 무질서가 지배하고 있었기 때문입니다. 이렇게 되자 개구리들은 제우스에게 그들의 왕을 내려달라고 간청했습니다. 그러면 왕이 질서를 잡을 것이고 그들이 책임지는 삶을 살도록 만들어 줄 것이라는 것이었습니다. 그 개구리들이 얼마나 어리석은지를 잘 알기 때문에 제우스는 웃으면서 그 호수에 통나무 하나를 떨어뜨렸습니다. 그리고 선언했습니다.

"너희들의 왕이다!"

이 통나무는 너무나 크게 텀벙하는 소리를 냈기 때문에 개구리들은 겁을 먹고 물속이나 진흙 속으로 들어가 버렸습니다. 그리고 그 지점에서 열 발자국 안으로는 아무도 감히 나오려고 하지 않았습니다. 그래서 그곳은 아주 고요했습니다.

그때 한 개구리가 물 밖으로 얼굴을 내밀고 경의를 표하며 그 새로운 왕을 지켜보았습니다. 그러자 몇몇 다른 개구리들이 그 통나무가 꼼짝도 않고 놓여 있는 것을 보고는 가까이 가 그 주변을 헤엄치기 시작했습니다. 시간이 흐르자 개구리들은 통나무 위로 올라가 펄쩍펄쩍 뛰는가 하면 경멸스럽게 조롱하기도 했습니다.

그렇게 온순한 지배자에 만족하지 못한 개구리들은 제우스에게 좀더 활동적인 왕을 내려달라고 간청했습니다. 그러자 제우스는 그들에게 황새를 왕으로 주었습니다. 그 황새는 호수에 도착하자마자 개구리들을 하나씩 잡아먹었습니다. 새로운 왕에 의해 황폐화된 개구리들은 다시 한 번 그들을 보살펴 달라는 메시지를 담아 헤르메스를 제우스에게로 보냈습니다.

그러자 제우스는 개구리들의 어리석음 때문에 벌을 받고 있으며, 아마도 다음번에는 그들도 혼자서 잘 살아가게 되는 법을 배우게 될 것이라고 대답했습니다. __왕을 삼고 싶은 개구리들

우리는 힘있는 왕이 다스리는 세상보다 모두가 자유를 누리며 평화롭게 사는 세상을 바라고 꿈꾸어야 합니다.

본분을 지키면 왕이 필요없다

통나무들이 왕을 뽑기 위해 상의를 하고 있었습니다. 그들은 올리브 나무에게 부탁을 했습니다.

"우리를 통치해 줘."

올리브 나무가 대답했습니다.

"뭐라고? 가서 통나무들을 지배하기 위해 나더러 신과 인간으로부터 극진한 사랑을 받는 기름액을 포기하라는 것이야?"

그러자 통나무들은 무화과 나무에게 부탁을 했습니다.

"이리 와서 우리를 통치해 줘."

그러자 무화과 나무도 올리브 나무와 비슷하게 대답을 했습니다.

"뭐라고? 가서 통나무들을 지배하기 위해 맛좋은 과일의 달콤함을 단념하라는 것이냐?"

그래서 이번엔 가시나무에게 간청을 했습니다.

"이리 와서 우리를 통치해 줘."

그러자 가시나무가 대꾸를 했습니다.

"정말로 나를 왕으로 삼고 싶다면 너희는 내 밑으로 은신처를 마련해야

만 한다. 그렇지 않으면 나의 잔가지(흔히 부싯깃)에서 생겨나는 불꽃들이
레바논 삼나무들을 불태워 버리고 말 거야." ＿통나무와 가시나무

 왜 굳이 왕이 필요할까요. 자신들끼리 옹기종기 모여 살면 안 될까요. 누
군가 와서 통치해 주어야만 편안하다고 생각하는 것은 선입견입니다. 그것이
오히려 위험을 끌어들이는 일이 될 수 있다는 걸 알아야 합니다. 자신의 본분
을 지키고 자부심을 가지면 통치하거나 통치받지 않아도 평화로운 세상을 만
들 수 있습니다.

제 4 장

절망하기엔 언제나 이르다

자주 보면 적도 친구가 된다

여우는 이전에 사자를 본 적이 없었습니다. 그래서 처음으로 사자와 맞닥뜨리게 되었을 때, 너무 무서워서 거의 죽을 것 같았습니다. 두 번째로 사자를 만났을 때, 여우는 여전히 겁이 났지만 간신히 두려움을 감췄습니다. 세 번째 만났을 때는 너무도 대담해져서 사자에게 다가가 격의 없는 대화를 나누기 시작했습니다.   __여우와 사자

무엇이든 처음이 어려운 것입니다. 처음만 잘 치르고 나면 그다음부터는 점점 수월해지게 마련입니다. 여우도 처음 사자를 볼 땐 공포로 거의 죽을 것 같았지만 세 번째는 사자와 격의 없는 대화를 할 정도가 되었습니다. 자주 대하면 친숙해질 수밖에 없습니다.

듣기 좋은 노래도 때를 맞춰 하라

그물보다 음악을 더 좋아하는 한 남자가 바다에서 물고기들을 발견하자 피리를 불기 시작했습니다. 그는 물고기들이 바닷가로 튀어나와 그의 그물 안으로 뛰어들기를 바랐지만 물고기가 순순히 따르려 하지 않는 것을 알고는 실망했습니다.

그래서 그는 그물을 치기로 했고 아주 많은 물고기들을 잡았습니다. 그것들을 바닷가로 끌어내자 물고기들이 춤을 추며 펄떡거리기 시작했습니다. 그러나 어부는 말했습니다.

"내가 피리를 불 때 너희들이 춤추지 않았기 때문에 나는 지금 너희의 어떤 춤도 받아주지 않겠어." __어부와 그의 음악

🌿 피리를 분다고 물고기가 뛰놀 순 없겠지만, 모든 것에는 해야 할 적당한 때가 있는 것입니다. 때를 놓치면 모두 허사가 됩니다.

자유가 있어야 자기 인생이 있다

밝은 달빛이 비추던 어느 날 밤, 배고픔에 주린 깡마른 늑대는 우연히 통통하게 살이 찌고 잘 길러진 개를 만나게 되었습니다. 인사말을 주고받은 뒤 늑대가 물었습니다.

"친구야, 너는 어쩜 그렇게 토실토실해 보이니? 나는 먹고 살기 위해 밤이고 낮이고 안간힘을 써도 굶주림에서 거의 벗어나지 못하는데, 너는 먹는 음식이 확실히 네 입맛에 맞았나 보다."

그러자 개가 대답했습니다.

"글쎄. 너도 나처럼 살고 싶으면 내가 하는 식으로 행동하면 돼."

늑대가 되받아 말했습니다.

"그건 어떻게 하는 건데?"

개가 대답을 했습니다.

"너는 단지 주인의 집을 지키고 밤에는 도둑이 들어오지 못하게만 하면 돼."

늑대가 눈을 크게 뜨며 말했습니다.

"기꺼이 하겠어. 나는 불행한 시간을 보냈어. 숲에서의 생활은 추위와 비 때문에 나에게는 힘든 일이야. 내 머리 위로 아늑한 지붕이 있고 내키는 대로 언제나 배불리 먹을 수 있다면 바꿔 볼 가치가 있을 거라 생각해."

개가 말했습니다.

"그럼, 너는 그저 나를 따라하기만 하면 돼."

그들이 함께 걷기 시작했을 때 늑대는 개의 목에서 어떤 자국을 발견했습니다. 늑대는 호기심이 강했기 때문에 그것에 대해 물어보지 않을 수 없었습니다. 그러자 개가 대답을 했습니다.

"아무것도 아니야."

그러자 늑대가 떼를 쓰며 말했습니다.

"글쎄, 그렇다면 나에게 말해 줘."

개가 대답했습니다.

"아, 그냥 사소한 거야. 아마 사슬을 고정시키는 목걸이 때문에 생겼을 거야."

그 말을 들은 늑대가 놀라서 소리쳤습니다.

"사슬이라고! 그럼 원할 때마다 언제 어느 곳이나 다닐 수 없다는 뜻이니?"

개가 대답했습니다.

"꼭 그렇지는 않아. 너도 알다시피 오히려 나를 맹수로 여기거든 그래서 때때로 낮에는 나를 묶어 놓지. 그러나 확실하게 말하는데 밤에는 내가 가고 싶은 곳을 자유롭게 다닐 수 있고 주인은 자기 접시를 가져와 나에게 먹이를 주고 하인들도 나에게 맛있는 음식을 줘. 단언하는데 나는 그렇게 사랑받는 존재야. 그리고…… 그런데 뭐가 문제야? 너 어디 가는 거야?"

그러자 늑대가 말했습니다.

"잘 있어, 친구야. 너는 맛있는 음식들을 마음껏 먹지만 나한테는 언제나 자유가 있는 마른 빵 조각이, 사슬을 가진 왕이 주는 호화로운 물건보다 더 귀중해." _길들인 개와 늑대

자유만큼 소중한 것이 또 있을까요. 늑대는 굶주리고 있었지만 개는 토실토실 살이 올라 있었습니다. 늑대는 개의 삶을 부러워했지만 목걸이로 묶여 있어야 한다는 말에, 개처럼 예속된 삶을 포기하고 말지요. 자유가 있는 마른 빵이 더 좋다며. 그래요 자유만큼 소중한 것은 없습니다.

능력자가 많으면 받들 사람도 많다

◦━◦◦◦━◦

아주 오래전 몹시 무더운 어느 여름날, 해님이 결혼할 것이라는 소문이 동물들 사이에 파다하게 퍼졌습니다. 모든 새와 짐승들은 그 소문을 생각하며 기뻐했습니다. 개구리들은 해님의 결혼식에 축하식을 열어주기로 했습니다. 그러나 그때 한 늙은 두꺼비가 그들의 축하행사를 막으며 그것은 기쁜 일이기보다는 오히려 슬픈 일이라고 말했습니다.

"해님이 혼자서도 그럭저럭 우리의 늪을 바짝 말려서 우리가 거의 살아갈 수 없게 만들 수도 있는데, 해님이 그 외에도 열두 명 정도의 작은 태양들을 낳게 될 때는 도대체 우리가 어떻게 되겠니?" __해님의 결혼식

수가 많다고 무조건 좋은 것도 아니고, 남들에게 좋다고 나에게도 좋은 것은 아닙니다. 힘있는 자의 수가 많을수록 약한 이들은 살기 힘들어집니다. 무턱대고 분위기에 휩쓸리지 말고 냉정한 분별력을 가져야 합니다.

달을 옷에 가둘 수는 없다

———— ·❦· ————

아기 달은 어느 날 엄마에게 말했습니다.

"엄마, 내 몸에 꼭 맞는 망토를 만들어 주세요."

엄마 달이 대답했습니다.

"너한테 꼭 맞는 망토를 어떻게 만들 수 있겠니? 지금 당장은 네가 초승달이지만 곧 보름달이 될 것이고, 나중에는 초승달도 아닌 것이 또 보름달도 아닌 것이 된단다." __아기 달과 엄마 달

🌱 사람도 사물도 변합니다. 변하는 것을 한 가지 틀에 가둘 수 없습니다. 무엇이든 당장만 생각해서 결정하면 얼마 못 가 그것을 유지하려고 훨씬 더 많은 비용을 지불하게 될지도 모릅니다.

아름다운 내면은
밖으로 향기를 낸다

───◈◈◈───

노파는 빈 포도주 병을 발견했습니다. 그것은 일전에 고급 포도
주를 가득 담고 있었고, 여전히 이전 내용물의 향긋한 냄새를 지니고 있
었습니다. 고급 포도주는 한 방울도 남아 있지 않았지만 노파는 병 꼭대
기에 코를 바짝 갖다 댔습니다. 있는 힘을 다해 냄새를 맡은 후에 그녀는
감탄의 말을 터뜨렸습니다.

"아, 달콤한 물건이여! 찌꺼기도 아직 이렇게 맛있는데 너의 내용물은 얼
마나 맛이 있었을까!" _노파와 포도주 병

빈 병에서 맡아지는 향기에 감탄이 절로 나옵니다. 빈병은 담겨 있던 액체
의 향을 그대로 드러내줍니다. 달콤한 것은 달콤한 향이, 고약한 맛은 고약한
향이 전해집니다. 사람도 지나간 자취에 향을 남깁니다. 그 향이 달콤하고 좋
은 것이 될 수 있도록 자신을 가꾸어야 합니다.

공생할 친구를 사귀어라

어느 날 생쥐는 개구리와 친구가 되었고 개구리는 생쥐를 자기가 살고 있는 연못으로 초대했습니다. 친구를 위험에서 안전하게 구하기 위해 개구리는 생쥐의 앞발을 자신의 뒷다리에 묶었습니다. 그들이 그 연못에 도착했을 때, 개구리는 물을 헤엄쳐 건너기 시작하며 생쥐에게 자기를 믿고 용기를 내라고 말했습니다. 그러나 그들이 연못의 중간 지점에 이르자마자 개구리는 갑자기 물밑으로 뛰어들더니 그 불행한 생쥐를 질질 끌고 갔습니다. 물에서 저항하며 버둥거리던 생쥐는 큰 소동을 일으켰기 때문에 독수리의 주의를 끌게 되었습니다. 독수리는 생쥐를 낚아채 허겁지겁 먹어 버렸습니다. 개구리는 여전히 생쥐에게 묶여 있었기 때문에 생쥐와 운명을 같이하게 되었습니다. __생쥐와 개구리

서로 다른 성향의 사람끼리 무리한 친분을 억지로 맺으려 해서는 서로가 피곤할 뿐입니다.

절박함이 기적의 원동력이다

숲에서 사냥개가 토끼를 위협하더니 그 뒤를 쫓아갔습니다. 하지만 토끼는 훨씬 더 빨리 도망쳐 버렸습니다. 그때 한 염소지기가 연약한 토끼가 그보다 빨리 달려 도망가게 한 것을 두고 사냥개를 비웃었습니다. 그러자 사냥개가 조용히 말했습니다.

"당신은 모르는군요. 저녁 식사를 얻기 위해 뛰는 것과 자기 목숨을 살리기 위해 뛰는 것이 다르다는 것을요." __토끼와 사냥개

그렇지요. 살기 위해 뛰는 것과 한 끼 저녁 거리를 얻기 위해 뛰는 것은 다르지요. 절박할수록 필사적이 될 수밖에 없습니다. 필사적인 사람을 당해낼 수는 없는 일입니다.

하인의 눈은 두 개
주인의 눈은 백 개

사냥개들에게 몹시 시달리던 수사슴은 피난처에서 쫓겨나 공포로 떨면서 들판으로 도망을 쳤습니다. 두려움에 경황이 없던 사슴은 한 농장으로 도망쳐 들어가 우사의 지푸라기 밑에 몸을 숨겼습니다. 소가 물었습니다.

"네가 여기에 있으면 죽은 거나 마찬가지라는 걸 모르냐?"

사슴이 대답했습니다.

"나에 대해 말하지만 말아 줘. 기회가 왔을 때 다시 떠날 거야."

저녁 무렵, 목동이 소에게 먹이를 주려고 왔지만 사슴을 눈치채지 못했습니다. 다른 농장 일꾼도, 감독관도 헛간을 들어왔다 나갔지만 사슴은 안전했습니다. 그래서 사슴은 이제 안전하다고 느껴 소들이 조용히 있으면서 잘 대해준 것에 감사 인사를 시작했습니다.

"고마워, 조용히 있어 줘서."

"잠깐 기다려 봐. 우리는 정말 네가 잘되기를 바라지만 너를 괴롭힐지 모르는 또 다른 사람이 있는데 그는 백 개의 눈을 가졌어. 그가 이쪽으로 오게 되면 너의 목숨은 여전히 위태로워."

274

그가 이야기하고 있는 동안, 저녁 식사를 마친 주인이 그날 밤도 모든 것이 괜찮은지 보기 위해 우사를 한 바퀴 돌았습니다. 그런데 소들이 평소와 달라 보인다는 생각이 들었습니다. 그래서 그는 시렁 위로 올라서 일꾼에게 물었습니다.

"왜 여기는 먹이가 아주 적지? 지푸라기가 더 많아야 하는데."

그는 여기저기 뒤지며 살펴보기 시작했고, 사슴뿔이 지푸라기 사이로 튀어나와 있는 것을 보았습니다. 그는 즉시 일꾼들을 불렀고, 그들은 사슴을 잡았습니다. __우사 안의 수사슴

일꾼들은 보지 못한 것을 주인은 눈치챕니다. 주인의 눈이 다르지 않으면 전체를 제대로 운영해 나갈 수가 없는 것입니다.

겉모습으로 판단하면
눈을 뜨고도 속는다

어떤 종류의 동물도 단지 그것을 만져 보는 것만으로 구분할 수 있는 한 장님이 있었습니다. 한번은 몇 명의 친구가 그를 시험해 보려 했습니다.

그들은 장님에게 늑대 새끼를 가져왔습니다. 하지만 장님은 그것을 전체적으로 다 만져본 뒤에도 완전히 그 동물을 특정할 수 없었습니다. 장님이 말했습니다.

"이 짐승의 아버지가 개였는지, 늑대였는지는 분명하지 않지만 한 가지는 확실해. 양 떼 속에서는 이 짐승을 믿을 수 없다는 거지." __장님과 늑대 새끼

장님은 늑대와 개를 구분하진 못했지만 그 동물의 본성을 파악했습니다. 사실은 외형을 알아내는 것보다 본성을 파악하는 것이 더 중요합니다. 개인가 늑대인가보다 어떤 속성의 동물인가를 아는 것이 사는 데는 더 유용합니다.

재물이 많으면 걱정도 많다

새장에 갇힌 비둘기가 많은 새끼를 부화시킨 것을 자축하고 있었습니다. 그때 까마귀가 찾아와 말을 했습니다.

"자랑 좀 그만 하렴, 친구야! 네가 자식을 많이 낳으면 낳을수록 네가 애태워 걱정해야 하는 노예들이 그만큼 많이 생기게 되는 거야." __비둘기와 까마귀

많은 새끼를 낳은 것은 자축할 일이지만 그만큼 걱정거리도 커지는 것입니다. 부모와 자식의 관계는 언제나 내리사랑이고, 부모에게 자식 걱정은 끊일 수 없는 숨과 같습니다.

절망하기엔 언제나 이르다

토끼들은 주변의 적들로부터 계속 위협을 받았습니다. 그래서 그들의 슬픈 처지를 의논하기 위해 회의를 소집했습니다. 그들은 결국 죽는 것이 그들이 처한 절망적인 상황보다 훨씬 더 나을 것이라고 결론지었습니다. 물에 빠져 죽기로 결심한 그들은 모두 가까운 호수로 갔습니다.

공교롭게도 그때 한 무리의 개구리들이 달빛을 구경하며 둑 위에 앉아 있다가 토끼들이 가까이 다가오는 소리를 들었습니다. 개구리들은 겁을 집어먹고 크게 놀라며 혼란스럽게 물속으로 뛰어들었습니다. 개구리들이 급히 사라지는 것을 보자 한 토끼가 동료들에게 큰 소리로 말했습니다.

"멈춰라, 친구들아! 우리가 처한 상황이 보이는 것처럼 그렇게 나쁘지는 않아. 우리보다 훨씬 더 겁 많은 불쌍한 다른 동물도 있는걸." __토끼와 개구리

때로는 내가 처한 상황이 최악인 것처럼 보여도 실제로는 그렇지 않은 경우가 더 많습니다. 나보다 훨씬 힘들고 어려운 상황에서도 씩씩하게 열심히 사는 사람들이 있다는 것을 잊지 말아야 합니다.

무리 속에 섞이면
한가지로 취급된다

농부가 들에 그물을 쳤습니다. 그가 새롭게 뿌린 옥수수 알을 계속해서 집어먹는 두루미들을 잡기 위해서였습니다. 농부는 두루미들이 잡힌 것을 보고 그물을 걸으러 갔는데 그들 사이에 황새 한 마리가 있었습니다. 그 황새가 울부짖으며 말했습니다.

"살려 주세요! 저는 두루미가 아니에요. 또한 당신의 옥수수는 하나도 먹지 않았어요. 보다시피 저는 새 중에서 가장 경건하고 예의 바른, 결백하고 불쌍한 황새예요. 저는……."

그때 농부가 황새의 말을 가로막았습니다.

"그 모든 것이 사실일 수도 있다. 하지만 내가 분명히 아는 것은 내 곡식들을 망쳐 놓던 새들과 함께 너를 잡았고, 네가 그놈들 무리와 함께 있었기 때문에 그들과 운명을 함께해야 한다는 것이다." _농부와 황새

누구와 어울리느냐가 그 사람을 말해 줍니다. 검은 사람과 어울리면 검은 사람이 되고, 흰 사람과 어울리면 흰 사람이 되는 것입니다.

279

직접 경험해야 내 것이 된다

한 사람이 여행길에 오르려 할 때, 문에 서 있는 그의 개를 보았습니다. 그 사람이 물었습니다.

"너는 입을 쩍 벌리고 무엇을 하고 있니? 나와 함께 갈 준비를 해라."

개는 꼬리를 흔들면서 대답했습니다.

"저는 준비 다 됐어요. 짐을 꾸려야 하는 사람은 주인님입니다." __개와 주인

그렇습니다. 여행을 떠나고자 하는 사람이 자기 짐을 꾸려야 합니다. 자신의 여행에 다른 이들을 채근해서는 애초에 세운 여행의 목적을 이룰 수 없습니다.

힘있는 자가
약속 지키기는 더 힘들다

새끼여우 한 마리가 늑대에게 붙들려 목숨만은 살려달라고 빌고 있었습니다. 마침 배가 잔뜩 부른 늑대는 이 새끼여우를 잡아먹고 싶은 생각이 없어서 이런 제안을 했습니다.

"아가야, 네가 세 가지 진실을 내게 들려준다면 목숨만은 구해 주지."

그러자 새끼여우는 꾀를 내어 늑대에게 이렇게 말해 주었습니다.

"첫째 당신을 만나지 말았어야 했죠, 둘째 당신이 전혀 앞을 못 보는 장님이어야 했고요, 셋째 당신이 올해를 넘기기 전에 비참하게 죽어서 다시는 우리를 괴롭히는 일이 없게 되기를 바라는 거죠."

그 말을 들은 늑대는 기분이 나빠졌지만 약속을 지키기 위해 새끼여우를 놓아주었습니다.   __세 가지 진실

꾀 많은 새끼여우보다 약속을 지킨 늑대가 더 훌륭해 보입니다. 진실을 깨달을 줄도 알고, 그것이 기분이 나쁜 것일지라도 약속을 지켰으니까요.

일을 모를수록 트집이 많다

제우스와 포세이돈, 그리고 아테네 신들은 누가 세상에서 가장 완벽한 물건을 만들어 낼 수 있는지를 결정하는 시합을 했습니다. 제우스는 인간을 만들고, 아테네는 집을 만들고, 포세이돈은 황소를 만들었습니다. 그리고 모모스는 창조물 중에서 어느 것이 가장 훌륭한 장점을 가지고 있는지를 심판하도록 선출되었습니다.

모모스는 황소의 뿔을 흠잡았습니다. 소의 뿔이 눈보다 밑에 있지 않았기 때문에 그 뿔과 부딪쳤을 때도 그것을 볼 수 없었기 때문입니다.

그다음으로 인간을 헐뜯기 시작했습니다. 왜냐하면 가슴 부분에 창문이 없어서 내부의 생각이나 느낌을 들여다볼 수 없었기 때문입니다. 그리고 마지막으로 모모스는 집에 대해 흠을 잡았는데 바퀴를 달고 있지 않기 때문에 좋지 않은 이웃을 피해 거주지를 옮길 수 없다는 것이었습니다.

모모스가 자신의 모든 판결을 알려주자 제우스는 그 비평가를 하늘에서 쫓아내며 말했습니다.

"흠을 찾아내기 좋아하는 사람은 결코 즐거워질 수 없으며, 가치 있는 어떤 것을 스스로 만들어 낼 때까지 다른 사람들의 작품을 비난하는 것

을 멈춰야 한다." __제우스, 포세이돈, 아테네 그리고 모모스

흠이 없는 사람도, 흠이 없는 물건도 없습니다. 누구나 완벽하지 않기 때문입니다. 남의 흠을 찾아내기 좋아하는 사람은 자신도 행복하게 살기 어렵습니다. 단점보다 장점을 보며 사는 것이 똑같은 환경에서도 즐겁고 행복하게 사는 방법입니다.

공격이 세면 돌아오는 상처도 깊다

아주 오래전, 세상이 생겨난 지 얼마 안 되었을 때, 꿀벌은 벌집에 충분한 수확물을 저장해 놓고 꿀을 헌납하기 위해 하늘로 날아 올라 갔습니다. 제우스는 그 선물을 받고 너무 기뻐서 꿀벌이 바라는 것은 무엇이든지 주겠다고 약속했습니다. 그러자 꿀벌은 즉시 반응을 보이며 말했습니다.

"오, 나의 창조주이며 주인인 영광스런 제우스여! 저는 힘없는 벌입니다. 그러니 저에게 벌침을 주십시오. 누군가 꿀을 가져가려고 벌집에 접근하면 바로 그를 죽일 수 있도록 말입니다."

그러나 인간에 대한 사랑 때문에 제우스는 그 꿀벌의 요청에 화가 나서 말했습니다.

"네 기도는 받아들여질 테지만 네가 바라는 식으로는 될 수 없다. 너는 정말로 벌침을 가지게 되겠지만 누군가를 공격할 때 그 상처는 치명적인 것이 된다. 하지만 인간에게가 아니라 너에게 그러할 것이다. 너의 목숨은 너의 벌침과 함께 죽고 살 것이기 때문이다." __제우스와 꿀벌

284

복수는 남보다 자신을 먼저 상하게 합니다. 내가 받은 대로 갚아주겠다는 마음보다는 상처받은 자신을 치유하고 상대를 용서하는 것이 더 나은 복수의 방법입니다. 내가 하는 복수는 또다른 복수를 낳고 스스로를 망칠 뿐입니다.

내가 못 먹는 떡 남 주기도 싫어한다

구유 안에 자신의 잠자리를 마련한 개는 말에게 이빨을 드러내고 으르렁거리면서 말이 먹이를 먹지 못하게 했습니다.

그러자 말 중 하나가 말했습니다.

"개가 얼마나 질 나쁜 놈인지 한번 보라고! 저 자신은 건초를 먹을 수도 없으면서 그것을 먹을 수 있는 이들조차 못 먹게 하니 말이야." _구유 안의 개

자신이 가질 수 없거나 가질 필요가 없는 것을 남도 못 가지게 방해하는 사람들이 있습니다. 아주 고약한 심보를 가진 이들입니다. 이런 마음을 오래 품으면 나중에는 자신이 필요한 것조차 가질 수 없게 될 것입니다. 그에게는 사람들이 아무것도 주고 싶어하지 않게 되기 때문입니다.

공짜 점심은 없다

밤을 틈타 도둑질하러 들어온 어떤 도둑이 개가 짖는 것을 멈추게 하려고 고깃덩어리를 던져 주었습니다.

그러자 개가 말했습니다.

"여기서 썩 나가! 전부터 당신을 의심했었는데 이러한 지나친 친절과 아량은 당신이 도둑이라는 내 생각을 확신시켜 줄 뿐이야." __도둑과 개

자신에게 친절하다고 해서, 자신에게 뭔가를 던져 준다고 해서 신의를 저버리거나 도의를 어기는 사람은 충성스런 개보다도 못한 심성을 가진 것입니다. 눈앞의 작은 이익 때문에 인간의 신의를 저버리지는 말아야겠습니다.

287

분수를 지켜야 대접도 받는다

부자 신사가 어느 귀족에게 저녁 식사를 함께 하자며 초대했습니다. 그리고 아주 특별한 식사를 차려 줬습니다. 동시에 그 신사의 개는 귀족의 개를 만나게 되었습니다. 신사의 개가 말했습니다.

"이리 오게 친구. 나와 오늘 밤 식사나 같이 하세."

귀족의 개는 초대를 받고 기뻐하며 그 연회 준비를 구경하려고 일찍 도착했습니다. 그 개는 혼자서 중얼거렸습니다.

"정말 훌륭한 식사가 되겠는데! 맛있는 음식을 마음껏 즐긴 후에 몇 가지는 조심스럽게 싸 두어야겠다. 내일은 먹을 것이 없을지도 모르니까."

이렇게 혼잣말을 하고 꼬리를 흔들며 그를 초대한 친구를 슬쩍 쳐다보았습니다. 하지만 그의 흔들거리는 꼬리는 요리사의 눈에 띄었고, 그는 즉시 개의 다리를 잡아 창밖으로 던져 버렸습니다. 그 개는 깽깽거리면서 길을 따라 뛰기 시작했습니다. 그러자 곧 이웃의 개들이 그에게 달려와 저녁 식사가 얼마나 좋았느냐고 물었습니다.

계면쩍은 미소를 띠며 그 개가 말했습니다.

"사실대로 말하자면 난 잘 모르겠어. 포도주를 너무 많이 먹어서 그 집

288

을 어떻게 나왔는지도 알 수가 없어. __저녁 식사에 초대된 개

 자신을 위한 자리가 아니면 조용히 그 자리를 즐겨야 합니다. 마치 자신
이 주인인 듯 굴다가는 망신과 창피만 당하고 다시는 초대 받지 못하게 될 것
입니다.

일찍 피면 일찍 진다

하루는 전나무가 나무딸기에게 한껏 자랑을 하고 있었습니다.

"네 인생은 정말 무의미하고 어느 누구에게도 도움이 되지 않아. 하지만 내 인생은 높고 고상한 많은 목적들로 가득하지. 창고와 집을 나 없이도 지을 수 있겠니? 나는 배에 쓰는 가는 돛대 재목과 궁전의 지붕에 얹는 목재도 제공하지."

그러자 나무딸기가 말했습니다.

"그것도 좋군요. 그런데 나무꾼이 도끼와 톱을 가지고 이곳에 온다면 당신은 전나무가 아닌 나무딸기이기를 바라게 될걸요." ＿전나무와 나무딸기

> 쓸모가 있다는 건 자랑스런 일이지만 그만큼 단명하기도 합니다. 쓸모 있으면서 오래 한 자리에서 버티기는 어렵기 때문입니다.

어렵게 해놓고 쉽게 가라 한다

한 아랍인이 낙타에 짐을 실은 뒤, 낙타에게 물었습니다.

"언덕을 올라가는 것이 좋으냐? 아니면 내려가는 것이 좋으냐?"

낙타가 대꾸했습니다.

"주인님 제게 대답해 주세요. 평원을 가로질러 곧바로 갈 수 있는 길을 누가 막아 놓았습니까?" _아랍인과 낙타

올라가거나 내려가거나 힘들기는 매한가지입니다. 질문 자체가 무의미한 것입니다. 가로막힌 것을 묵묵히 넘어가는 것만이 답으로 남아 있을 뿐입니다.

꿈이 저절로 현실이 되는 건 아니다

한 시골 아가씨가 우유 양동이를 머리에 이고 농가로 가고 있을 때였습니다. 그녀는 공상에 깊이 빠져들어 갔습니다.

"이 우유를 팔아 버는 돈으로 달걀을 300개는 살 수 있을 거야. 그 달걀 중의 일부는 썩을 수도 있고 또 일부는 쥐가 부순다고 해도, 적어도 250마리의 병아리는 얻을 수 있을 거야. 그 병아리들은 닭값이 아주 높을 때까지 기다려야 해. 그래서 내년쯤엔 새 가운을 하나 살 수 있을 정도로 충분한 돈을 벌어야 해. 초록색…… 한번 생각해 보자…… 그래, 초록색 정장이 가장 잘 어울리지. 그러면 초록색으로 해야겠다. 그런 다음 이 드레스를 입고 시장에 가면 모든 남자들이 나를 파트너 삼으려고 경쟁할 거야. 그러면 '싫어요' 하며 머리를 쳐들고 그들 모두를 거절할 거야."

이런 생각들로 넋이 나가 있던 우유 아가씨는 머리 속에서 상상한 것을 자기도 모르게 몸으로 표현하게 되었습니다. 그리하여 머리 위의 우유통을 떨어뜨렸고 그와 함께 그녀의 행복한 꿈들 역시 일시에 사라져 버렸습니다. __아가씨와 우유 양동이

꿈을 꾸는 것은 좋지만, 꿈을 꾸느라 자신이 처한 현실을 망각하고 환상 속에 살려 해서는 안됩니다. 꿈은 가만히 있는다고 저절로 성취되는 것이 아니라 성실한 오늘을 발판으로 실현되는 것이기 때문입니다.

미련한 자가 고집도 세다

주인이 이끄는 길을 따라 달려가던 당나귀가 갑자기 달리던 길을 벗어나서 있는 힘을 다해 낭떠러지까지 빠르게 달려갔습니다. 그 당나귀가 막 떨어지려는 순간 주인이 달려와 꼬리를 잡아 뒤로 끌어당겼습니다. 하지만 당나귀는 저항하며 주인까지 벼랑 끝으로 끌었습니다. 그러자 주인은 그를 가도록 놓아주며 말했습니다.

"그래 이 바보야. 거기서 떨어지면 죽는 거야. 네가 정 가고 싶다면 나도 어쩔 수 없지. 고집 센 짐승은 자기만의 길을 가야 하거든." _당나귀와 마부

낭떠러지가 뻔히 보이는데도 계속 가겠다고 고집하는 사람들이 있습니다. 융통성을 가지고 타협하면서 나아갈 줄 모르는 사람들입니다. 이들은 꺾이지 않는 걸 자랑으로 여기지만 진정 중요한 것은 볼 줄 모르는 사람들입니다.

좋은 제안은 실현 방법을 포함한다

─◦◦◦◦─

옛날 옛날에 생쥐는 고양이가 그들을 못살게 구는 것에 너무 성이 났습니다. 그래서 끊임없이 되풀이 되는 성가심을 없애기 위해 회의를 소집했습니다. 많은 계획들이 토론되었습니다.

마지막에 한 젊은 쥐가 일어서더니 고양이 목에 방울을 달아 주자고 제안했습니다. 그러면 고양이가 가까이 오려고 할 때마다 이것을 미리 알 수 있고 피할 수도 있다는 것이었습니다. 이 제안을 모두가 박수치며 환영했고 만장일치로 승인을 받았습니다.

그때 회의 진행 중에 내내 조용히 있던 한 늙은 쥐가 말했습니다.

"의견은 좋은데, 우리들 중 누가 고양이의 목에 방울을 달지?" __회의하는 생쥐

아무리 좋은 의견도 실행에 옮길 수 없으면 부질없는 것입니다. 대안은 실행 가능한 것이어야 합니다. 듣기에 그럴듯해 보이는 것일수록 현실성을 따져 봐야 합니다.

생각하지 않는 머리는
가면에 불과하다

여우가 어느 배우의 집에 뭔가를 훔치러 들어갔습니다. 다양한 물건들을 이것저것 샅샅이 뒤지고 있을 때, 우연히 눈에 확 띄는 가면 하나를 발견했습니다. 그것은 인간의 머리를 훌륭하게 본뜬 것이었습니다. 여우가 외쳤습니다.

"정말 훌륭하게 보이는 머리인걸! 다만 뇌가 없다는 것이 안됐군." __여우와 가면

뇌가 없다는 것은 생각할 힘이 없다는 뜻입니다. 아무리 훌륭한 외모를 갖고 있다 해도 생각하지 않는 사람이라면 아름다운 가면과 다를 것이 없습니다.

가짜일수록 더 그럴듯해 보인다

갈증이 심한 비둘기는 간판에 그려진 한 컵의 물을 보자 그것이 진짜라고 생각했습니다. 그리하여 비둘기는 온 힘을 다해 그것에 달려들었고 간판에 부딪쳐 그만 날개를 다치고 말았습니다. 결국 비둘기는 힘없이 땅에 떨어졌고 즉시 한 구경꾼에게 잡혀 버렸습니다. __목마른 비둘기

그림의 떡이란 말이 있습니다. 보기는 좋아도 먹을 순 없는 것입니다. 배가 고프거나 목이 말라도 아무 것에나 덥썩 달려들지 말아야 합니다. 그런 때를 노리고 있는 위험들이 많기 때문입니다.

양지가 있으면 음지도 생긴다

⸻ ❧ ⸻

정원사와 옹기장이에게 두 딸을 시집보낸 아버지가 있었습니다. 얼마 후 정원사에게 시집간 딸을 찾아간 아버지는 딸에게 물었습니다.

"그동안 어떻게 지냈느냐? 모든 것이 잘되고 있느냐?"

딸이 대답했습니다.

"매우 좋아요. 우리는 원하는 것을 다 가지고 있어요. 우리가 현재 원하는 것은 나무에 풍족한 물을 줄 수 있는 비가 오는 거예요."

다음으로 아버지는 옹기장이에게 시집간 딸을 찾아가 똑같이 물었습니다.

"그동안 어떻게 지냈느냐? 모든 것이 잘 되고 있느냐?"

딸이 말했습니다.

"우리가 필요한 것은 없어요. 제가 한 가지 바라는 것은 좋은 날씨와 뜨거운 햇살이 계속되어 우리 옹기가 잘 구워지는 것이에요."

아버지가 말했습니다.

"아! 슬프다. 너는 맑은 날씨를 원하고 네 언니는 비를 원하고 있으니, 내가 어떻게 둘을 조화시킬 수 있겠니?" __아버지와 두 딸

열 자식에 열 걱정입니다. 하지만 마음을 좀 바꾸면 비가 와도 좋고 해가 나도 좋다는 마음으로 살 수 있습니다. 같은 조건도 생각하기 나름입니다.

순리를 억지로 거스를 순 없다

옛날에 점점 나이가 들어가던 한 기사가 있었습니다. 그런데 그는 머리카락이 빠지고 있었습니다. 그는 가발을 써서 이러한 결점을 숨기기로 마음먹었습니다.

그런 어느 날 그는 친구 몇 명과 산과 들에서 사냥을 하고 있었는데 갑작스럽게 휘몰아친 바람이 가발을 날려 버리자 그의 대머리가 드러났습니다. 친구들은 그의 그런 모습을 보고는 터지는 웃음을 주체할 수 없었습니다. 그 자신도 다른 사람처럼 크게 웃었습니다. 그러면서 말했습니다.

"어떻게 내 머리에 가발이 붙어 있기를 기대했을까? 내 원래 머리카락도 더 이상 붙어 있으려 하지 않고 빠지는데 말이야." __대머리 기사

외부에서 이식한 것이 내 것처럼 될 수는 없습니다. 한계를 인정하면 변화를 오히려 편안하게 받아들이고 새로운 길이 열릴 수 있습니다.

300

파도가 아니라 바람의 방향을 읽어라

바다에 폭풍우가 치자 선상에서 이리저리 뒹굴고 있는 선원들로 가득한 배를 보고 한 농부가 소리쳤습니다.

"아, 바다야. 너는 남을 괴롭히며 무자비하구나! 너는 다른 사람에게 매혹적으로 보일 수 있다. 그런 다음엔 네 위를 다니는 사람들을 파괴하는구나."

바다가 그 말을 듣고는 여자 목소리로 위장해서 대꾸했습니다.

"왜 당신은 나를 비난하나요. 이 폭풍우를 일으킨 것은 제가 아니라 오히려 바람이에요. 바람이 제 위로 떨어지면 쉴 틈을 주지 않거든요. 하지만 그 바람이 멀리 갔을 때 당신이 제 위로 항해하게 된다면 훨씬 온순하고 다루기 쉽다는 것을 알게 될 거예요." __농부와 바다

🌱 어떤 것이 문제의 진짜 원인인지 알고 비난이든 비판이든 해야 합니다. 겉만 보고 판단하면 해결은커녕 문제가 깊어질 뿐입니다.

극단에 몰릴수록 극단적으로 저항한다

도살장에 끌려가는 것만은 피하자는 생각에서 어린 돼지는 양우리 안에다 막사를 지었습니다. 어느 날 목동이 돼지를 잡더니 소리를 지르며 온 힘을 다해 쫓아내려고 했습니다. 돼지도 잡혀 나가지 않으려고 꽥꽥 소리를 질렀습니다. 양들은 그러한 소동을 부리는 돼지를 비난하며 말했습니다.

"주인이 자주 우리도 잡아내지만 우리는 소리를 지르지 않아."

돼지가 대꾸했습니다.

"그건 사실이야. 하지만 너와 나의 상황은 달라. 너는 너의 털 때문에 주인이 잡아내지만 우리는 튀겨 먹기 위해 잡아내거든." _돼지와 양

목숨이 걸리고 사안이 중대할수록 시끄러울 수밖에 없습니다. 단순히 소리가 크고 소란하다는 이유로 극단적인 상황에 처한 사람을 비난해서는 안됩니다.

강자에게 원한을 사지 말라

어느 날 사자에게 쫓기던 황소는 동굴로 도망쳐 들어가게 되었습니다. 그런데 그곳에는 야생 염소가 살고 있었습니다. 염소는 심술궂은 동물이어서 뿔로 받아치면서 황소를 공격하기 시작했습니다. 황소가 말했습니다.

"이번엔 내가 참는다만, 너를 두려워해서라고는 생각하지 마라. 일단 사자가 멀리 가고 나면 즉시 너희들에게 황소와 염소의 차이를 보여주겠다."

＿황소와 염소

궁지에 몰린 사람을 위협하고 더 큰 위험 속으로 내모는 것은 비겁한 행동입니다. 그가 힘을 가진 사람이라면 자신이 당한 수모를 잊지 않을 것입니다. 뒤에라도 힘을 되찾게 되면 그의 공격은 더욱 거세질 것입니다.

악한 자는 먹이가 아니라
놀이로 목숨을 희롱한다

수풀 사이로 산토끼를 발견한 개는 산토끼를 끈질기게 쫓아다녔습니다. 마치 자신이 토끼의 목숨을 쥐고 있기라도 한 듯 이빨로 토끼를 물었다가도 다른 개와 노는 것처럼 핥기도 했습니다. 뭘 하려는지 도무지 알 수가 없던 토끼는 도망치던 것을 멈추고 말했습니다.

"진짜 당신의 본모습을 보여줬으면 좋겠어요. 당신이 친구라면 왜 그토록 아프게 무는 거예요? 또 적이라면 왜 나를 핥고 쓰다듬어 주는 거예요?" _개와 산토끼

가장 두려운 상대가 바로 적인지 친구인지 분간할 수 없는 상대입니다. 드러난 적은 적절하게 대처할 방법이 있지만 그런 사람은 친구로 지내다가도 언제든 표변하여 나를 궁지에 몰 수 있기 때문입니다.

희망은 가장 바닥에 있다

까마득한 옛날, 제우스 신이 행복, 불행 등 모든 일들을 커다란 항아리에 담고 뚜껑을 닫았습니다. 그리고는 이를 인간에게 맡겼습니다. 그런데 자제력 없는 한 남자가 항아리 속에 무엇이 들었는지 알고 싶어져서 뚜껑을 열자, 희망만 빼고 모두 밖으로 나와 날아가 버렸습니다. 그래서 인간에게는 희망만 남아 있게 된 것입니다.   _제우스 신과 항아리

그래서 인간은 언제든 희망을 가질 수 있게 된 것입니다. 모든 것이 다 사라진 뒤에도 가장 마지막까지 남아서 인간의 곁을 지키는 것이 희망입니다. 희망을 놓지 않으면 절망 속에서도 다시 피어날 수 있습니다.

권력자는 법 위에 있다

사자와 다른 짐승들이 무리를 형성해 사냥을 갔습니다. 살이 통통하게 찐 사슴을 잡아 죽인 뒤에 사자 자신이 그 사슴을 세 부분으로 나누겠다고 말했습니다. 그리고 가장 좋은 부위를 차지한 사자가 말했습니다.

"이것은 왕으로서의 공식적 지위를 고려해 먼저 내가 차지하고, 두 번째 것은 사냥에 참가한 개별 몫으로 내가 가져간다. 그리고 세 번째는 가져갈 용기가 있는 자가 가져가도록 하자." __사자와 다른 짐승들이 사냥을 가다

사자가 여러 명목으로 분배를 하지만 결국 모두 자기 앞에 쌓이게 합니다. 힘이 있으니 온갖 명목으로 횡포를 부리는 것입니다. 현란한 말과 그럴듯한 명분에 속으면 약한 자들에게는 돌아올 것이 없습니다.

일신이 편하면 내일을 생각지 않는다

늙은 개 한 마리가 추위를 견디기 위해 몸을 둥글게 말고 잠을 잤습니다. 개는 이러다가 지독한 감기에 걸려 고생하는 건 아닌가 하며 아무래도 서둘러 집을 지어야겠다고 생각했습니다. 하지만 다시 여름이 되어 어느 널찍한 곳에 몸을 쭉 펴고 누운 개는 집을 짓는 데는 이것저것 귀찮게 하는 일이 적지 않으니 공연히 수고를 들여가며 집을 지을 필요가 있겠느냐고 생각했습니다. __개의 겨울과 여름

무엇이든 미루지 말고 제때에 해두어야 뭔가를 이룰 수 있습니다. 늘 미루다 보면 미리 준비하지 못한 것을 후회하는 날이 반드시 올 것입니다. 가을에 겨울을 준비해야 따뜻한 겨울을 보낼 수 있습니다.

실체 없는 것에 더 잘 속는다

───⌘───

어느 날 한 소년이 우물가에 앉아 남몰래 흐느끼고 있었습니다. 그러자 한 약은 도둑이 소년에게 다가가 무슨 일로 그렇게 슬피 우냐고 물었습니다. 소년은 줄이 끊겨 자신의 황금단지가 우물에 빠지고 말았다고 말했습니다. 그 말을 들은 도둑은 지체 없이 자신의 외투를 벗어던지고 우물로 뛰어들었습니다. 그러자 소년은 눈물을 거두고 재빨리 도둑의 외투를 들고 달아나 버렸습니다. 존재하지도 않은 황금단지를 얻으려고 위험을 무릅썼던 도둑은 외투를 잃고 하늘을 우러러 신에게 하소연했습니다.

"신이시여, 저 같이 어수룩한 사람이 피해를 당하지 않도록, 저 우물 속에 황금단지가 없다는 경고문을 써 놓아 주십시오." ＿소년과 도둑

🌱 뛰는 놈 위에 나는 놈입니다. 남을 속이려다 제 꾀에 제가 넘어갑니다. 남의 걸 탐내지 않으면 제 것을 잃을 일이 없습니다.

손바닥으로 하늘을 가린다

한 고집 센 염소가 무리에서 떨어져 나와 방황하며 풀을 뜯어 먹고 있었습니다. 그러다가 높은 바위의 가장자리에 서게 되었습니다. 염소지기는 그 염소를 동료들 사이로 돌아오게 하려고 최선을 다했습니다. 소리쳐 불러도 보고 휘파람도 불어 봤지만 소용이 없었습니다.

결국 참을성을 잃어버린 염소지기는 돌을 던져 그 염소의 한쪽 뿔을 맞혀 부러뜨렸습니다. 자기가 한 일에 놀란 염소지기는 염소에게 빌었습니다.

"이 일을 주인에게 얘기하지 말아 줘, 부탁이야."

그러자 염소가 말했습니다.

"당신은 정말 바보스럽군요! 이 사건에 대해 내가 입 다물고 있는 다 해도 내 부러진 뿔이 그 얘기를 할 거예요." ＿고집 센 염소와 염소지기

엎질러진 물은 어쩔 수 없습니다. 상황이 모든 것을 말해 주니까요. 애써 덮으려 해봐야 잘못이 더 커질 뿐입니다.

자기가 하면 생업,
남이 하면 도둑질

어느 날 늑대가 양 한 마리를 잡았습니다. 그것을 자기 집으로 끌고 가는 도중에 사자를 만나게 되었습니다. 사자는 즉시 늑대에게서 양을 낚아채 멀리 끌고 가 버렸습니다. 사자와 거리를 유지한 채 늑대가 말했습니다.

"너는 양을 도둑질한 것을 부끄러워해야 해."

그러자 사자가 웃으며 말했습니다.

"그렇다면 애초에 너에게 그 양을 준 목동은 너의 좋은 친구겠구나."

__늑대와 사자

큰 도둑이 작은 도둑을 손가락질하는 격입니다. 크든 작든 도둑질은 도둑질이고 잘못은 잘못일 뿐입니다.

바닷물은 짠 것이 정상

옛날 옛날에 여러 강들이 한 데 어우러져 바다로 갔습니다. 그런 강들이 바다를 비난했습니다.

"우리 강물들이 신선하고 달콤한 물을 너에게 부어 주고 나면 너는 왜 즉시 그 물을 짜고 맛없게 만드는 거야."

강들의 고약한 성질을 다 알고 있었기 때문에 바다는 그저 대답만 했습니다.

"너희들이 짠물이 되고 싶지 않으면 모두들 나에게서 멀리 떨어져 있도록 해." __강과 바다

결국 바다로 흘러드는 것을 강은 거부할 수 없습니다. 바다에서는 바다의 역할을 충실히 받아들여야지 불평하고 비난한다고 짜지 않은 바닷물이 될 수는 없습니다.

실패한 일엔 핑계가 많다

굶주린 여우는 포도밭으로 살금살금 기어들어갔습니다. 잘 익은 달콤한 포도들이 아주 먹음직스런 모습으로 나무에 주렁주렁 열려 있었습니다. 그 물기 가득한 보물을 얻기 위해 여우는 여러 차례 팔짝팔짝 뛰어올라 봤지만 번번이 실패하였습니다. 마침내 여우는 물러서며 혼잣말로 중얼거렸습니다.

"저 따위 포도는 못 먹어도 아무 상관없어. 분명 익지도 않았을 거야!"
_여우와 포도

이루지 못한 일을 처음부터 별 것 아닌 것으로 만들어 버리는 것이 '신포도 만들기'입니다. 때에 따라서는 포기를 하는 것도 삶의 지혜입니다. 하지만 그렇다고 단포도가 신포도가 되는 것은 아닙니다.

헛된 것일수록 기다림도 길다

여행객 몇 명이 해변을 따라가다가 높은 낭떠러지에 서서 바다를 보고 있었습니다. 그들은 멀리 통나무 하나가 떠 있는 것을 보았습니다. 처음에 그들은 그것이 큰 배가 틀림없다고 생각했습니다. 그래서 그들은 항구로 배가 들어가는 것을 보기 위해 기다렸습니다.

그러나 통나무가 해변 가까이로 밀려오자 그들은 큰 배가 아니라 조그만 보트라고 생각했습니다. 마침내 통나무가 해변에 닿았을 때 그것이 다름 아닌 통나무였음을 알게 되었고, 그들이 그토록 기다린 것이 허사였음을 깨달았습니다. _해변의 여행자들

🌿 멀리 있을 때는 실체를 알지 못해 오히려 희망을 갖고 기대도 큽니다. 하지만 가까울수록 실체가 드러나기 마련이고 기대가 클수록 실망도 커집니다.

설교보다 구제가 먼저

소년은 강에서 수영을 하다가 너무 멀리 나가서 물에 빠질 위험에 처했습니다. 그때 지나가는 사람이 있어 온 힘을 다해 소리쳤습니다. 하지만 그 사람은 도와주러 오기는커녕 소년에게 그렇게 무모하게 깊은 물에서 헤엄친 것에 대해 설교를 하기 시작했습니다.

마침내 그 소년은 큰 소리로 외치지 않을 수 없었습니다.

"제발, 선생님. 당신의 설교는 나중을 위해 저장해 두고 지금은 절 좀 구해 주세요." __수영하러 간 소년

물에 빠진 사람에게 설교가 필요할까요. 우선 구해 주고 볼 일이지요. 잘못해서 위험에 처하거나 절망에 빠진 사람에게 설교하는 것은 아무 소용이 없습니다. 일단 도움의 손길을 내밀어 주세요. 설교는 그다음에도 늦지 않습니다.

하늘에 지은 죄는 빌 곳도 없다

＊＊＊

오랫동안 매우 아파왔던 매는 엄마 매에게 말했습니다.

"엄마 울지 마세요. 한 가지 청이 있는데요. 신께 기도 드려 주세요. 이처럼 지독한 병과 고통에서 회복될 수 있도록요."

엄마가 대답했습니다.

"아아, 얘야. 신 중에서 어떤 신이 너를 불쌍히 여길 거라고 생각하니? 네가 신들의 제단에 놓인 희생 제물을 훔쳤는데, 그것을 보고 노하지 않을 신이 어디 있겠니?" __병이 난 매

잘못한 사람이 진심으로 사과하지 않으면서 용서해 주길 바라는 것은 가당치 않습니다. 벌을 피하고 싶다면 당사자에게 용서를 구하는 것이 먼저입니다.

모르는 일에 전부를 투자하지 말라

나무 꼭대기에 앉아 있던 원숭이는 그물을 드리우고 있는 어부들을 보았습니다. 사람들이 그물을 치고 뭔가 먹기 위해 조금 떨어진 곳으로 물러나자마자, 원숭이는 그 같은 놀이를 자신도 한번 해봐야겠다고 생각하며 나무에서 내려왔습니다. 하지만 그물 치기를 시도하자마자 그물에 얽혀서 목이 졸려 죽을 지경이었기 때문에 소리치지 않을 수 없었습니다.

"난 이렇게 당해도 싸지! 그물에 대해서 조금도 모르는 주제에 왜 쓸데없이 이같이 복잡한 그물을 건드렸단 말인가?" __원숭이와 어부들

호기심만으로 새 일에 뛰어들어서는 낭패를 보기 쉽습니다. 남이 하는 것을 보면 쉬워 보이지만 세상에 쉬운 일은 없습니다. 쉽게 보이는 일일수록 노하우를 터득하기 위해 많은 수고와 노력이 있었다는 것을 잊어서는 안됩니다.

노새는 말이 낳아도 말이 아니다

노새는 자라서 통통하게 살이 쪘고, 매일매일 막대한 양의 옥수수를 먹어 치웠습니다. 어느 날 들판에서 펄쩍펄쩍 뛰어오르고 발로 차며 뛰어다니고 있을 때 속으로 생각했습니다.

"엄마는 분명 혈통이 좋은 경주마였음에 틀림없어. 그러니까 나도 엄마가 그랬던 것처럼 상당히 훌륭하지."

하지만 그는 뛰어다니고 장난치느라 곧 지쳐 버렸습니다. 그러자 갑자기 그의 아버지가 단지 당나귀였음이 기억났습니다. ＿노새

어느 한 가지 장점에 빠져 모두 잘난 것처럼 착각해선 안됩니다. 한 가지 장점 뒤에 두 가지 약점이 숨어 있음을 기억해야 합니다. 아무리 뛰어난 노새도 말이 될 순 없습니다.

무조건 모으는 게 능사는 아니다

소년은 제방 위에서 메뚜기를 잡고 있었습니다. 이미 많은 메뚜기를 잡아 놓은 상태였는데, 문득 전갈 한 마리가 눈에 띄었습니다. 그는 전갈을 자세히 들여다보더니 그것이 또 다른 메뚜기일 거라고 착각했습니다. 소년이 손을 오므려 막 잡으려 하자 전갈은 가시를 세우며 말했습니다.

"어디 한번 해보시지. 그러면 너는 나만 놓치는 게 아니고 네가 잡은 메뚜기까지도 잃게 될 거야." __소년과 전갈

무조건 많이 거둔다고 좋은 것이 아닙니다. 서로 조화를 이루지 못하면 오히려 서로를 해쳐 큰 손해가 날 수 있습니다. 메뚜기와 전갈을 구분할 줄 모르는 사람은 잘못 손댄 전갈 한 마리 때문에 모아 놓은 메뚜기를 다 잃고도 전갈마저 손에 넣을 수 없게 될 것입니다.

치장으로 굶주림을 가릴 수 없다

한 정직하지 못한 마구간지기가 규칙적으로 말의 먹이와 곡식을 훔쳐다 팔아먹었습니다. 그런데도 말은 좋은 상태인 것처럼 보이기 위해서 몇 시간씩 바쁘게 단장을 하고 말에게 솔질을 해주곤 했습니다. 말은 이러한 대우에 분노를 느꼈고 마구간지기에게 말했습니다.

"당신이 진정으로 나를 좋아 보이게 하고 싶다면, 몸단장은 그만하고 대신 먹이나 더 많이 줘요." __말과 마구간지기

잘 먹이면 겉모습도 좋아집니다. 내실을 튼튼히 하면 겉모습을 꾸밀 필요도 없습니다. 반대로 겉치장을 많이 해도 내실이 없으면 무너질 수밖에 없습니다. 영양이 좋지 않으면 아무리 화장을 해도 혈색을 감출 수 없기 때문입니다.

자랑이 심할수록 감춘 잘못이 크다

곰은 절대로 인간의 시체를 건드리거나 난폭하게 다루지 않는다면서, 인간에 대한 그의 사랑을 자랑하곤 했습니다.

여우가 웃으며 말했습니다.

"네가 살아 있는 인간도 절대로 잡아먹지 않는다면, 너의 자비로움에 나는 더욱 감동할 거야." __곰과 여우

본질적으로 나쁜 일을 하면서 작은 몇 가지 에피소드로 자신의 본성을 가릴 수는 없습니다. 작은 일을 크게 부풀려 자랑하는 이들일수록 뒤에 감춘 검은 일들이 많습니다. 입에 '국민'을 달고 사는 정치인들일수록 정작 국민의 뜻과는 상관없는 정치를 하는 것처럼 말입니다.

청하지 않은 도움에는 속뜻이 있다

새끼를 낳으려는 멧돼지가 헛간에 누워 산통을 호소하고 있었습니다. 그 신음을 듣고 부리나케 달려 나온 늑대는 몇 번의 산파 경험이 자신에게 있으니 도움을 주겠다고 말했습니다. 그러나 늑대의 마음에 깃들인 교활한 간계를 알아차린 멧돼지는 이렇게 거절해 버렸습니다.

"아니야. 그저 멀리만 있어줘!"

이 못된 이웃에게 해산을 맡겼더라면, 멧돼지는 산고의 고통보다 죽음의 고통에 울부짖게 되었을 것입니다. __멧돼지와 늑대

늑대가 교활한 간계를 쓰려고 합니다만 멧돼지가 알아차리고 거절을 하네요. 그렇습니다. 잠시 힘들다고 악한 자들에게 도움을 청하면 결국 모든 걸 잃고 목숨까지 위태롭게 되는 것입니다.

어설픈 해결책은 문제를 더 키운다

한 검소한 늙은 과부가 두 명의 하녀를 고용했는데, 그녀는 첫 닭이 울 때 그들에게 일을 시켰습니다. 하녀들은 아침에 일찍 일어나는 것이 싫었기 때문에 닭의 목을 비틀기로 결정했습니다. 그 닭이 여주인을 깨워 그들을 괴롭히는 원흉이었기 때문입니다.

닭을 없애자마자 여주인은 혼란 상태를 보였습니다. 늦잠 자는 것을 두려워 한 나머지 날이 밝는 시간을 잘못 알아 그녀는 그 불행한 하녀들을 한밤중에 깨우기 시작했습니다. __노파와 하녀들

하녀들이 꾀를 부렸다가 도리어 된통 당하고 맙니다. 문제는 주인이지 애꿎은 닭이 아닙니다. 무언가를 희생시켜 문제를 해결하는 얕은 꾀는 상황을 더욱 어렵게 만들 뿐입니다.

권위는 외모가 아니라 태도에서 나온다

사자 가죽을 뒤집어쓴 당나귀가 이리저리 다니다가 동물들과 마주쳤을 때 그들이 겁먹는 것을 보며 재미있어 했습니다. 여우를 만났을 때도 그는 똑같이 겁을 주고자 했습니다. 하지만 여우가 당나귀의 목소리를 듣더니 말했습니다.

"나도 역시 놀랄 뻔했지. 하지만 너의 그 시끄러운 소리가 네가 당나귀라는 것을 알려 주더라고." __사자 가죽 안의 당나귀

가면은 잠깐은 누군가를 속일 수 있어도 결국 본모습이 들통나기 마련입니다. 중요한 본질은 결정적인 순간에 튀어나오게 마련이고 가면으로 흉내 낼 수 없기 때문입니다.

목소리가 크다고 능력이 큰 것은 아니다

개구리의 개굴대는 소리에 사자는 정신이 나갔습니다. 사자는 울음소리로 보아 개구리가 엄청나게 큰 동물일 거라고 생각했습니다. 잠시 후 사자는 연못에서 올라온 개구리를 보았습니다. 그리고는 달려가 발로 개구리를 짓누른 후 사자는 말했습니다.

"너 같은 꼬마가 이렇게 큰 소리를 내다니!" __개구리와 사자

소리가 요란하면 겁을 먹고 속기 쉽습니다. 목소리가 크면 이긴다는 말도 있지만, 실속 없이 목소리만 키웠다가는 비난과 조롱도 그만큼 클 것입니다.

아름다운 뿔이 사냥꾼을 부른다

어느 여름날, 한 수사슴이 갈증을 풀기 위해 물웅덩이에 와서 물을 마신 뒤, 물 위에 비친 자신의 모습을 보게 되었습니다. 사슴이 혼잣말을 했습니다.

"내 뿔은 참 아름답고 튼튼해. 하지만 내 발들은 너무나 약하고 볼품없이 생겼어!"

사슴이 이렇게 자연이 준 외모를 관찰하고 비평하는 동안 사냥꾼과 사냥개들이 가까이 다가왔습니다. 그가 그렇게 약점이 있다고 말한 다리는 달리기 시작하여 추적자들을 따돌렸습니다. 하지만 사슴의 자랑이고 즐거움이었던 뿔이 덤불에 걸려서 탈출하지 못하자 사냥꾼에게 잡히고 말았습니다. __물웅덩이와 사슴

당장은 눈에 보기 좋은 것이 좋지만 실제로는 어떤 것이 사는 데에 도움이 될지 알 수 없습니다. 따라서 우리에게 주어진 것들에 감사하고 소중히 해야 합니다.

꼬리가 길면 밟힌다

변장을 하면 훨씬 쉽게 먹이를 얻을 수 있으리라고 생각한 늑대는 양의 가죽을 뒤집어썼습니다. 그런 후 곧 그는 양 떼 안으로 끼여들어가 그들과 함께 풀을 뜯었습니다. 목동조차도 그의 변장에 속아 넘어갔습니다.

밤이 오고 문이 닫히자 늑대는 양들과 함께 갇혀 버렸습니다. 게다가 그 목동은 저녁 거리가 필요했기 때문에 양들 속에서 한 마리를 잡아냈습니다. 그는 늑대를 양으로 오해해 그 자리에서 그것을 잡아 버렸습니다. 바로 양가죽을 쓴 늑대였습니다. __양의 옷을 입은 늑대

잠시는 주변 사람들을 속일 수 있지만 결국은 덜미를 잡히게 되어 있습니다. 오히려 생각지도 못한 데에서 정체가 탄로나는 경우가 많습니다. 비겁한 방법이 끝까지 통하는 경우는 없습니다.

잡히기 전에 날개를 써라

새장 안의 방울새는 열린 창문에 대고 밤새 노래를 불렀습니다. 멀리서 방울새의 목소리를 들은 박쥐가 가까이 다가와 물었습니다.

"방울새야, 무슨 이유로 낮에는 조용히 있다가 오직 밤에만 노래를 부르느냐?"

방울세가 말했습니다.

"이유가 없는 것은 아니야. 내가 밤을 이용해 노래를 부르는 이유는 낮에 노래를 하다가 잡혔기 때문이야."

박쥐가 말했습니다.

"지금 그렇게 경계에 신경을 쓰기에는 조금 늦은 듯하다. 그것은 무의미해 보여. 너는 잡히기 전에 그런 생각을 했어야 해." __방울새와 박쥐

소 잃고 외양간 고친다는 말이 떠오르네요. 이미 상황은 끝났는데 주의를 해봐야 아무 소용이 없습니다. 안타까움만 더할 뿐입니다.

노래보다는 꿀

옛날 한 농부의 들판에 나무 한 그루가 있었습니다. 그런데 그 나무는 열매를 맺지 않았고, 오직 참새와 매미들의 보금자리 구실만 할 뿐이었습니다. 그것이 쓸모없다고 판단한 농부는 그 나무를 베기 위해 도끼를 들고 가 한번 찍었습니다.

그러자 매미와 참새들은 농부에게 간곡히 부탁을 했습니다.

"농부님, 우리의 보금자리를 베지 않고 그대로 두면 우리가 노래도 불러주고 당신을 우리의 음악으로 즐겁게 해주겠습니다."

하지만 농부는 들은 척도 안하고 도끼를 두 번 세 번 나무를 찍으며 잘라내기 시작했습니다. 그런데 나무의 움푹 팬 곳까지 자르며 들어가자 벌떼와 약간의 꿀이 있는 것을 발견하게 되었습니다. 꿀맛을 본 농부는 도끼를 던져 버렸습니다. 그 순간부터 농부는 그 나무가 마치 신성한 것인양 정성껏 돌보았습니다. _농부와 나무

금강산도 식후경입니다. 듣기 좋은 노래보다는 약간의 꿀이 사람을 움직이기 쉬운 법입니다

기선을 제압하라

뱀은 사람들의 발에 너무 자주 심하게 밟히자 제우스를 찾아가 불평을 늘어놓았습니다. 그러자 제우스가 말했습니다.

"만약 네가 너를 밟은 첫 번째 사람을 물었다면, 두 번째 사람은 너를 밟으려고 하지도 않았을 것이다." __짓밟히는 뱀과 제우스

무엇이든 첫 번째 어떻게 대응했느냐가 승패를 가를 때가 많습니다. 기선을 제압하지 못하면 나중에 상황을 반전시키기 어렵게 됩니다. 상대방에게 첫 인상을 어떻게 각인시키느냐가 그래서 중요합니다.

뻔한 아첨은 검은 속만 드러낸다

늦대가 농장을 이리저리 뒤지며 걸어다니다가 귀리밭에 도착했습니다. 하지만 그는 귀리를 먹을 수 없기 때문에 가던 길을 계속해서 갔습니다. 얼마 안 가 그는 말을 만났는데, 그에게 함께 귀리밭으로 가자고 말했습니다. 늦대가 말했습니다.

"내가 아주 풍부한 귀리를 발견했거든. 그런데 나는 한 알도 만져 본 적이 없어. 사실은 내가 그것들을 너를 위해 저장해 놨어. 너의 이빨이 내는 그 소리가 내게는 음악 같거든."

그러자 말이 대꾸했습니다.

"너는 참 훌륭한 친구야. 만약 네가 귀리를 먹을 수 있다면 너는 너의 배를 배불리 채울 수 있었을 것이고, 네 귀를 위한 음악도 분명 잊었을 거야." __늦대와 말

자기가 먹을 수 없는 것을 선심 쓰듯 미끼로 던지며 말을 유혹하는 늦대. 그러나 평소 그의 습성을 아는 말은 속지 않습니다. 늦대가 입보다 귀를 즐겁게 할 리는 없기 때문입니다.

슬픔이 지나가면 기쁨이 온다

몇 명의 어부들이 그물을 끌어당기고 있었습니다. 그물이 무척 무거웠기 때문에 어부들은 굉장히 큰 놈이 잡혔다고 상상하며 춤을 추었습니다. 하지만 그들이 그물을 뭍으로 끌어올렸을 때, 그물은 온통 돌과 그 파편들로 가득했습니다.

어부들은 몹시 당황했습니다. 그들 앞에 벌어진 일 때문이 아니라 그들이 가졌던 기대에 대한 실망 때문이었습니다. 그때 그들 중에서 나이 지긋한 사람이 다른 사람들에게 말했습니다.

"이보게들, 우리 너무 실망하지 말자구. 왜냐하면 기쁨은 항상 불행을 동반하고 있기 때문이야. 그래서 우리가 미리 기뻐하면, 그 다음엔 뒤따르는 그 반대의 것도 생각해야 되는 거야." __돌을 낚아 올린 어부

모든 일에는 양면이 있습니다. 기쁨이 있으면 슬픔도 있고 좋은 일이 있으면 나쁜 일도 생기게 마련입니다. 일희일비하지 마세요. 좋은 일이든 나쁜 일이든 모두 지나가는 일일 뿐입니다.

남의 길이 아니라 내 길을 가라

방앗간 주인과 그의 아들은 당나귀를 근처 시장에서 팔기 위해 끌고 가고 있었습니다. 그때 시내에서 돌아오던 한 무리의 소녀들과 마주치게 되었습니다. 방앗간 주인과 아들을 본 소녀 한 명이 소리쳤습니다.

"저기 좀 봐! 저 사람들 어쩜 저렇게 바보 같을 수 있니? 타고 갈 수 있는데도 발로 터덜터덜 걸어가다니 말이야!"

이 말을 듣자 방앗간 주인은 아들에게 당나귀를 타고 가라고 말하며 자신은 그 옆에서 신나게 걸으며 따라갔습니다. 얼마 안 가 그들은 대화를 나누고 있는 한 무리의 남자들을 만났습니다. 그들 중 한 명이 말했습니다.

"저것 봐! 저것이 내가 말하고 있는 것을 증명하잖아. 요즘엔 더 이상 노인을 존경하는 마음이 보이질 않아. 자기 아버지는 걸어가는데 젊은 놈이 당나귀를 타고 가는 것을 자네들도 보고 있잖아. 어서 내려라. 이 못된 놈아, 그리고 나이 드신 분이 당나귀를 타게 하여라."

이 말을 들은 아버지는 아들을 내리게 하고 자신이 당나귀에 올라탔습니다. 그런데 얼마 가지 않아 여자와 아이들이 함께한 모임을 만났습니다.

332

그들 중 한 명이 소리쳤습니다.

"이런 게으른 늙은이! 당신은 어떻게 그 짐승을 타고 갈 수 있죠? 저 작은 소년은 거의 당신과 보조를 맞출 수 없는데 말이에요."

그러자 방앗간 주인은 아들을 자기 뒤에 태웠습니다. 그들이 시내로 막 들어가는 순간, 시내에 사는 한 사람이 말했습니다.

"이봐요, 그 당나귀가 당신 것이 맞습니까?"

"네."

그 사람이 말했습니다.

"오! 만일 내 당나귀라면 당신들처럼 그토록 무거운 짐을 지우게 하지는 않았을 거요. 당신 둘이서 당나귀를 나르는 것이 당나귀가 당신들을 나르는 것보다 더 적절하겠군요."

"당신의 의견이 그렇다면 한번 해보는 것도 나쁘지 않겠죠."

그래서 방앗간 주인은 아들과 함께 내려 당나귀 다리를 모두 묶고 작대기를 이용해서 어깨 위에 얹고는 시내로 통하는 다리를 건너 운반하려고 했습니다. 그들은 아주 재미있는 광경을 연출했기 때문에 사람들이 떼를 지어 나와 그들을 비웃었습니다. 그런데 당나귀는 자신이 처한 상황이 싫었기 때문에 발버둥을 치기 시작했습니다. 그 결과 당나귀는 작대기에서 풀려 떨어졌고 강물에 처박혔습니다.

방앗간 주인은 화도 나고 창피하기도 해 온 힘을 다해 집으로 뛰어갔습니다. 그는 모든 사람의 말을 따르려다가 비웃음만을 받은 것에 화가 났습니다. 게다가 설상가상으로 당나귀도 잃어버렸음을 알게 되었습니다.
＿방앗간 주인과 아들 그리고 당나귀

모든 사람의 말에 다 귀 기울일 필요는 없습니다. 결정하기 전에 자신의 생각으로 판단했다면 그 판단을 믿고 자기 길을 가야 합니다. 세상을 살아가는 완벽한 방법은 존재하지 않습니다. 그래서 자신의 선택으로 자신의 길을 가는 것이 최선의 길인 것입니다.